雀《すずめ》と五《ご》位《い》鷺《さぎ》推《おし》当《あて》帖《ちょう》

平谷美樹

時代小説文庫

角川春樹事務所

目次

雀と五位鷺推当帖

序章

一

慶長《けいちょう》十一年（一六〇六）。天下分け目の関ヶ原《せきはら》の戦いから六年。徳川家康《とくがわいえやす》が江戸に幕府を開いて三年。大坂夏の陣において豊臣《とよとみ》家が滅亡する九年前である。

江戸は未《いま》だかつてない賑《にぎ》わいの中にあった。江戸城の大改築が本格的に始まったからである。石垣の工事を命じられた外様《とざま》大名たちは、それぞれ二年の歳月をかけて数百隻《せき》の石船の用意を調え、伊豆《いず》から巨石を運び始めた。また、大量の材木が木曽《きそ》川、富士《ふじ》川、利根《とね》川の上流から江戸湊《みなと》へ運ばれた。

昼夜を問わず、修羅《しゅら》に乗せられた石垣の大石が江戸市中を曳《ひ》かれ、鉦《かね》や太鼓、音頭《おんど》取りの声と、人足たちの胴間声《どうまごえ》が響き渡っていた。

江戸城はすでに、本丸、二ノ丸、三ノ丸や天守台の石垣、内堀の石垣のほとんどが出来上がっていたが、天守の建物の完成は来年の予定であった。

大工、左官、人足らと共に、多くの商人も江戸にやってきて、一地方都市であった江戸は、巨大な街に変貌《へんぼう》しつつあった――。

酉《とり》の下刻《げこく》（午後七時頃）。初夏の夜道を道具箱を担いだ男が急ぎ足で歩いていた。四十絡《がら》みの細身の男である。法被《はっぴ》に腹掛け、股引《ももひき》姿。見るからに大工であった。

日本橋から筋違御門《すじかいごもん》前の高札場《こうさつば》に続く真《ま》っ直《す》ぐな道である。鍛冶町《かじちょう》と鍋町《なべちょう》の辻《つじ》で、男は足を止めた。

前方に二つの人影が現れたからである。

汚れた小袖《こそで》に馬袴《うまばかま》を穿《は》いた男たちである。浪人であろうか、腰に打刀《うちがたな》を差していた。

大工は素早く四方に目を向ける。左右、背後の道にも、二人ずつ人影がある。太刀《たち》を佩《は》いているのが分かった。

「誰《だれ》でぇ？」

大工は江戸詞《えどことば》で訊《き》き、左足を引いて身構えた。

「大工にしてはずいぶん落ち着いておるな」

正面の一人が言った。

「ただの大工ではなさそうだ」

隣の男が言い、刀の柄《つか》を握る。

「江戸詞を話しておるが――。この土地の者ではあるまい？　西方《にしがた》の透波《すっぱ》か？」

背後から声が言う。透波とは忍者のことである。

「なんの話でぇ――。ここんところ、あちこちで追《お》い剝《は》ぎが出てるって聞いたが、お前《め》えたちがそれかい」

大工はじりっと後ずさる。

その方向を背後の二人が塞《ふさ》ぐ。

「お前が惚《とぼ》けるのであれば、我らも惚けることにしよう」

正面のもう一人が言う。

「しゃらくせぇ」

大工は道具箱を正面の二人に投げつけた。

二人の浪人はさっと左右に分かれる。

道具箱が地面に当たって壊れる。大工は、飛び散った道具の中から鑿《のみ》を二本拾い、浪人二人の間の空隙《くうげき》を突いて走る。

八人の浪人たちが一斉に大工を追う。

正面にいた二人が大工に並ぶ。

大工はその二人に鑿を投げる。

左の浪人の肩口に鑿が突き立つ。呻《うめ》いてしゃがみ込む。

右の浪人は素早く抜いた刀で鑿を打ち落とす。

大工は舌打ちしてさらに速度を上げる。

浪人たちとの距離が開いて行く。

鑿を避《よ》けた浪人が腰の鞘《さや》を抜き、大工に投げつけた。

鞘は回転して大工の脚《あし》に飛んだ。

鞘が脚に引っ掛かり、大工は一回転して大地に背中から落ちた。

「くそっ！」

急いで立ち上がった大工を七人の浪人が囲む。傷を受けた一人は肩を押さえて輪の外にいた。

浪人たちは刃《やいば》を抜き放ち、一斉に構えた。

その時、鋭い呼子《よぶこ》の音が響き渡った。

大勢の足音が、幾つもの方向から迫って来る。

浪人たちが戸惑ったように顔を見合わせる。

「どうする？」大工は身構えながら訊く。

「この状況はどう見ても、辻強盗が大工を襲っている図だぜ」

「引くぞ」

浪人の一人が言った。七人が肯《うなず》く。

「残念だったな」

大工がせせら笑う。

浪人たちは刃を鞘に収めると、ぱっと散って小路《こうじ》に駆け込んだ。

「さて、おれの方はどうしたものか――」

大工は壊れた道具箱を見た。飛び散った道具を掻《か》き集めている暇はない。

「せっかく馴染《なじ》んだのに――。まぁいたしかたないか」

大工は助走をつけると、近くの商家の庇《ひさし》にひょいと跳び上がった。そして、板葺《いたぶ》き屋根を走り、夜の闇《やみ》の中に消えた。

捕り方が辻に駆け込んだ。その数五十。辻斬《つじぎ》り、辻強盗が頻発《ひんぱつ》しているため市中を警戒している奉行所の者たちであった。

数人の同心が足跡が乱れる地面をあらため、小者《こもの》に道具箱の回収を命じた。

二

江戸城改築のため、人足たちは昼夜兼行で働いていたから、その腹を満たす屋台の食い物屋は大繁盛であった。

鍛冶町と鍋町の辻で大工が襲われた同じ日の戌《いぬ》の下刻（午後九時頃）、饂飩《うどん》屋の末吉《すえきち》は、城から戻る人足たちをあてにして一石橋《いちこく》の北詰に屋台を置き商売をしていた。大石を運ぶ荷船の篝火《かがりび》が道三堀《どうさんぼり》の方へ進み、空船の篝火がそれとすれ違う。船は堀の石垣の下で行き交うので、末吉の屋台からは篝火の明かりのみが地面の上を滑っていくかのように見えた。船が一石橋を潜《く》ると、橋の底が篝火に照らされた。

江戸城の周辺にも篝火が揺れ、建設途上の足場に囲まれた天守をぼんやりと夜空に揺らめかせている。

生ぬるい夜気は、新しい材木や土埃《つちぼこり》のにおいがした。

先ほどまで、三つの床几《しょうぎ》だけでは足りず地べたに座って饂飩を啜《すす》っていた人足たちはみなねぐらに帰り、末吉の屋台の辺りだけがぽっかりと静寂に包まれていた。

荷船の櫓《ろ》の音が途切れ、遠く曲輪《くるわ》の方から威勢のいいかけ声や鎚音《つちおと》が聞こえてくる。

末吉は、七輪《しちりん》に炭を足しておこうと炭入れに手を伸ばした。

その時、一石橋を渡ってくる人影に気づいた。

客か――。

末吉は期待して人影を注視した。

人影はよろけて手摺《てす》りに体を預けた。

橋の下を荷船が通り過ぎる。篝火の明かりが人影を照らす。

人足ではない。仕立てのよさそうな葡萄茶《えびちゃ》の着物を着た男であった。

「酔っぱらいかい」

末吉は首を振って七輪の炭の様子を見る。

しかし、酔っぱらいならば、シメに饂飩を食ってくれるかもしれない。末吉は七輪に炭を足し、汁が煮詰まらないようにと外しておいた鍋《なべ》を七輪に置いた。

その時、弱々しい叫び声が上がった。

「辻斬りだ。助けてくれ」

末吉は驚いて橋の上を見た。

船の篝火が去り、再び影となった男が橋の欄干《らんかん》にもたれ掛かっている。そして、やっとの思いで出したような叫びをもう一度。

「助けてくれ……」

手摺りにもたれた男の体がぐらりと揺れた。

「あっ！」

末吉が叫んで立ち上がったのと、男の体が手摺りを乗り越えて川に落ちるのが同時だった。

大きな水音が響いた。

近くを通っていた荷船から声が上がった。

「人が落ちたぞ！」

続いて、人足が川に飛び込む音。

末吉は川端に走り、石垣の上から川面《かわも》を見下ろした。

道三堀から下ってきた空船が川の真ん中で止まっていた。舳先《へさき》と艫《とも》で人足が提灯《ちょうちん》を回しながら前後の船に合図をしている。篝火で水面《みなも》を照らす者もいた。

水中に三人の裸の人足の姿が白く見えた。

すぐに三人は葡萄茶色の着物の男を引き上げた。

「しっかりしねぇ！」

三人の人足は男に声をかけながら、空船に泳ぎ寄る。船上の人足が舷側《げんそく》から縄を垂らす。水中の人足たちは男の体に縄を結ぶ。船上の人足は数人がかりでぐったりとしている男を船に上げた。

落ちてすぐであったから、溺《おぼ》れ死んだということはなかろうと、末吉はその場を離れた。

「あっ！」

堀の方から大きな声がしたので、末吉は駆け戻った。

船を見下ろすと、葡萄茶の着物の男は船底に寝かされていた。その周りを人足たちが取り囲んでいる。裸の一人が男のそばにしゃがみ込んでいた。

「刺されてるぜ！」

しゃがみ込んだ人足が言って、周りの仲間を見回した。その目が末吉の目と合った。

「おい、そこの親爺《おやじ》！　番所へ走ってくれ！　辻斬りだ！」

「判《わか》った！」

末吉はそう返すと、駆けだした。

一石橋の上下に荷船が集まり、その篝火で橋は明るく照らし出された。

第一章

一

楓川《もみじがわ》は、京橋川、八丁堀、三十間堀《さんじっけんぼり》などと共に新しく開かれた堀割である。

その畔《ほとり》に、江戸城の大改築のため外堀内の道三河岸《どうさんがし》から移ってきた傾城屋《けいせいや》――女郎屋が数軒建っていた。

この頃《ころ》、江戸に傾城屋町――遊廓《ゆうかく》はない。京や大坂、駿府《すんぷ》などには遊廓が存在したが、江戸の葭原《よしわら》に遊廓が誕生するのは十一年後の元和《げんな》三年（一六一七）のことで、傾城屋は江戸市中に点在していた。

柳町《やなぎちょう》の傾城屋の中でも一際大きな建物が扇屋《おうぎや》であった。

早朝、泊まりの客たちが帰っていくと、見送りを終えた女郎たちはもう一度夜具に潜《もぐ》り込む。しかし、下働きの者たちは女郎の朝食や風呂《ふろ》の用意に忙しい。見世《みせ》に湯殿《ゆどの》がなく、近くの湯屋を使うところも多い。しかし扇屋には立派な湯殿があった。

汁物や炊《た》きあがる飯のいいにおいが漂う台所では飯炊き女が数人、忙しげに働いている。ほとんどが三十路《みそじ》を過ぎた女たちであった。通いの女もいたが、元は扇屋の女郎だった女もいた。

その中に一人、涼やかな菖蒲柄《あやめがら》の小袖《こそで》に湯巻《ゆまき》姿。襷《たすき》を掛けた、十七、八の若い娘がいた。

額が広く鼻は低く、頰《ほお》には雀斑《そばかす》が散っている。ほかの女郎に混じってしまうとまるで目立たない地味な顔。美人ではなかったが、くりっとした団栗眼《どんぐりまなこ》に愛嬌《あいきょう》があった。

台所の隅《すみ》に置いた七輪《しちりん》の前にしゃがみ込み、その上にかけた小さな鉄鍋《てつなべ》をじっと見つめている。

名を雀《すずめ》という。本名ではない。源氏名《げんじな》である。扇屋で御職《おしよく》を張る五位鷺太夫《ごいさぎだゆう》の妹女郎であったが、まだ客をとったことがない。もっぱら五位鷺の身の回りの世話をしていた。後の世で言う振袖新造《ふりそでしんぞう》である。

七歳の頃に売られてきて、それ以来扇屋で暮らしている。親は、年貢《ねんぐ》が払えず雀を売った金でなんとかその年をしのぎ、家族は今でも生き延びているらしい。

自分を売ることで家族が生き延びたのならよかった——。雀はそう考えることにしている。生まれてすぐに、母親の手で口減らしされる女の子も多いというのに、七歳までは育ててもらえた。

そして、扇屋に売られることで、三度の飯に困ることのない暮らしを十年続けてこられた。未《ま》だ、好きでもない男に抱かれるという不幸も体験していない。だから自分は幸せなのだ。そう自分に言い聞かせているのである。

本当の苦界《くがい》の意味を身を以《もっ》て知るのはこれから。

今まで見てきた何十人という女郎たちの末路から、雀はそう覚悟はしているのだが――。

雀が朝早くに台所にいるのは、五位鷺の朝餉《あさげ》の用意のためであった。朝粥《あさがゆ》の柔らかさ加減やそれに落とす卵の茹《ゆ》で具合に厳しい注文があって、ただでさえ忙しい飯炊き女ではそれに応じることが難しかったからである。

雀はなんでも器用にこなす娘であったので、まだ禿《かむろ》であった数年前から、五位鷺の朝餉番を務めていた。

勝手口の戸が開き、若い男が飛び込んできた。天秤棒《てんびんぼう》から降ろした籠《かご》を抱えていた。

「すまねえ。遅くなった」

八百屋《やおや》の又七《またしち》であった。籠には牛蒡《ごぼう》や白瓜《しろうり》、独活《うど》などが入っていた。

「なんだねえ。寝坊でもしたかい」

元女郎の初音《はつね》が言う。初々しい名だが四十女で、飯炊き女の中では一番の年嵩《としかさ》である。

「いや。ちょいとそこで話し込んじまってね」

又七が三和土《たたき》に置いた籠から飯炊き女たちが野菜を取り上げ、調理台へ運んだ。

「無駄話をしてて遅れたってかい」

初音の顔が険しくなった。

「いやいや、無駄話ってわけじゃねぇんだ。来る途中で顔見知りの魚屋に呼び止められてさ。この辺りを廻《まわ》ってる同心かられぇことを聞いたってんだ。昨夜《ゆんべ》、相模屋《さがみや》さんが辻斬《つじぎ》りにやられたってよ」

その言葉に、女たちは一斉に動きを止め、又七に顔を向けた。

「相模屋さんって、呉服屋の？」

初音は目を見開いた。

大伝馬町《おおでんまちょう》の呉服屋、相模屋は数年前に店を開いた新参の呉服屋であったが、扇屋出入りの商人であった。

というのも、大伝馬町は先頃まで外堀の内側、道三堀沿いにあった。道三河岸にあった扇屋とは目と鼻の先であり、遊女らの衣類は相模屋から購入することが多かった。

城の改築に伴い外堀の外側に移転させられて、それぞれ大伝馬町、柳町と場所は変わっても、付き合いは続いていた。

雀も大いに驚いたが、七輪にかけた粥がまだ出来上がっていなかったので、ふつふつと泡《あぶく》を上げる鉄鍋の粥を睨《にら》みながら、又七と初音の話に耳をそばだてた。

「ああ。相模屋久右衛門《きゅうえもん》さん」

又七が答えた。

「どこで？」

初音が訊《き》く。

「一石橋《いちこく》の上で」

「誰《だれ》が見たの？」

「一石橋の北詰に屋台を出していた饂飩《うどん》屋だとよ」

「斬《き》ったのは侍？」

「暗かったんで斬った奴は見えなかったんだってよ。同心の話によれば、土手っ腹を一突きだったとよ。それで日本橋川へどぼん」

「お腹《なか》を一突き？」雀は思わず粥から目を離し、又七を見た。

「斬られたんじゃないのね。それじゃあ辻斬りじゃないでしょ」

「確かにそうだが、辻刺しなんて言葉はねぇだろうよ。だったら辻斬りだろうが」

又七は口を尖《とが》らせた。

「本当に一突きだったの？」

「ああ。傷は腹だけだったってよ」

又七の答えに疑問を感じ、雀は立ち上がる。

「でも、辻斬りって剣術の鍛錬《たんれん》や刀の斬れ味を試すためにするものでしょ？　お腹を一突きしただけじゃ、斬れ味も分からないだろうし、鍛錬にもならないんじゃないの？　それ、辻強盗《つじごうとう》だったんじゃない？」

「剣術には斬るほかに突くってのもあるんだよ」又七は手振りで突きの真似《まね》をする。

「それに、財布は懐《ふところ》にあったっていうから、強盗じゃねぇよ」

「お腹を刺したら川におっこっちゃって、財布を取れなかったのかもしれないじゃない」

又七は雀の言葉に舌打ちをした。

「雀ちゃん、だんだん太夫に似てきたぜ。人の話の裏の裏を読んでばかりいると、嫌われるぜ――。ほれ。粥が焦《こ》げつくよ」

又七に言われ、雀は「あっ」と言って七輪のそばにしゃがみ込む。粥はちょうどいい具合になっていたので、雀は布巾《ふきん》で鉉《つる》を摑《つか》み、鉄鍋を下げた。そして、別の鍋を七輪にかける。鍋の中には水が張ってあり、卵が一個沈んでいた。粥が出来上がった直後に卵を茹で始めると、粥が五位鷺の好みに冷めた頃、卵もいい具合に茹で上がるのである。

「相模屋さんが襲われたのは、昨夜のいつ頃だったんだい？」

初音が訊く。

「戌《いぬ》の下刻《げこく》だそうだ」

「なんで相模屋さんはそんな刻限に一石橋を渡っていたんだろう」

雀は鉄鍋の湯気を見つめながら言った。立ち上り具合で粥の温度を計っているのである。

「お店《たな》のある大伝馬町は、一石橋の北東――」雀は人差し指を立てて唇《くちびる》をなぞる。

「相模屋さんは家を出てどこかに向かっていたのか？　それとも家に帰る途中だったのか？　北河岸《きたかし》から呉服町《ごふくちょう》の方向へ渡ったのか？　南の呉服町から北河岸へ歩いていたのか――」

「どこかに出かけた帰りだったそうだ。どこに出かけていたかまでは知らねぇよ」

又七は面倒くさそうに答え、もう一度飯炊き女たちに遅れた詫《わ》びを言うと、勝手口から出ていった。

「――ってことは、呉服町から北河岸方向へ歩いていたってことね」

呉服町は呉服御用達《ごようたし》の後藤縫殿助《ごとうぬいのすけ》の屋敷があることから名付けられた町である。名は呉服町であったが酒問屋が多く建ち並ぶ界隈《かいわい》であった。

「呉服町の隣は大工町《だいくちょう》。その向こうは檜物町《ひものちょう》――。うーん。又七さんの話だけじゃ、相模屋さんがどこへ出かけた帰りだったかは推当《おしあて》（推理）できないわね」

雀は鍋から椀《わん》に粥をよそい、小鉢に半熟に茹で上がった卵を割り入れた。卵の上に溜《たまり》を一垂らしして、膳《ぜん》に載せて台所を出た。

人気のない廊下を進むと、大部屋から端《はし》たちの鼾《いびき》が聞こえてきた。

後の世の新吉原《しんよしわら》では、女郎の階級は昼三《ちゅうさん》、附廻《つけまわし》、座敷持、部屋持、切見世《はつみせ》と五つに分かれる。しかし、未だ遊廓も形成されていないこの時代は、太夫《たゆう》、格子《こうし》、端の三つの階級しかなかった。雀は端扱いで、大部屋暮らしである。

廊下を進んで内証《ないしょう》に出た。

内証は帳場であり、楼主《ろうしゅ》の座であった。

入り口も、二階の客室への階段もよく見渡せる場所に置かれた長火鉢と文机《ふづくえ》の前に、楼主の寛兵衛《かんべえ》が座っている。

寛兵衛は五十絡み。髪は半白《はんぱく》で眉《まゆ》は白く長い。鳶色《とびいろ》の仕立てのいい着物に恰幅《かっぷく》のいい体を包んでいる。

毎朝、寛兵衛は五位鷺に朝餉を運ぶ雀に気の毒そうな一瞥《いちべつ》をくれて『ご苦労さま』と言うのが常であった。

雀は「お早《はよ》うございます」と一礼して二階への階段へ足をかけた。

「雀。相模屋さんのことは聞いたかい？」

「はい。台所で」

「さっき町役《ちょうやく》が来て知らせてくれた。気の毒なことだ――。太夫にも伝えておいておくれ」

「承知いたしました」

雀が肯《うなず》くと、寛兵衛は気の毒そうな顔になり「ご苦労さま」と言った。

二

二階には端が使う二十ばかりの小部屋と、部屋持の格子、太夫の使う座敷があった。五位鷺の部屋は奥の角部屋である。

雀は襖《ふすま》の前に膝《ひざ》を折り、

「太夫。お早うございます」

と中に声をかけた。

「遅かったやないか。早う入り」

と物憂《ものう》げな返事があり、雀は襖を開けて床に額がつくほどに頭を下げた。

「朝餉をお持ちいたしました」

言って顔を上げる。

二間続きの奥の部屋で、布団の上に置いた脇息《きょうそく》にもたれた若い女が小さく肯いた。障子を透かした柔らかい光の中で、女の姿は輝いて見えた。

五位鷺太夫である。

この年二十三、四。瓜実顔《うりざね》にすらりとした首。鼻梁《びりょう》は細く切れ長の目には、女の雀でもどきっとするような艶《つや》っぽさがある。化粧はしていなかったが、肌の肌理《きめ》は細かく白く、胡粉《ごふん》をかけて磨き上げた人形のようであった。浴衣《ゆかた》を着ているのは、朝餉の後に一番風呂に入るからである。

五位鷺は雀に、『おへちゃ』だとか、『鼻は木目で目は節目。まるで板やないか』だとか酷《ひど》いことを言う。自分では愛嬌があると思っているのだが、しかし、こんな美貌《びぼう》の太夫に言われるのならば仕方ないかと諦《あきら》めている。だが、いつもあんまりな言い方をされるので、客をとることが許されないのは、五位鷺が意地悪をしているのではないかと雀は勘ぐったりもしていた。

数軒先の富士見屋《ふじみや》という傾城屋には浅沙《あさざ》という太夫がいた。美貌は五位鷺に負けず劣らず。江戸には、鶴屋《つるや》の花野《はなの》という太夫もいて、その三人が美しさを競っていたのだが、性格は五位鷺が一番悪い。もちろんそれを客の前で出すことなどはないが。

富士見屋の浅沙太夫は、悲惨《ひさん》な身の上の娘を禿や妹女郎にして、立派な格子に育てるという話であった。

自分も富士見屋に買われていれば――。

毎朝、五位鷺の元に朝餉を届けるたびにそう思う雀であった。

雀は奥の座敷まで膳を捧げ持って進むと、五位鷺の夜具の上にそれを置いた。

五位鷺はつんと澄ました顔で箸《はし》を取り、半熟卵をかき混ぜて粥の上にかけた。そして大きな音を立てて啜《すす》る。

見目麗《みめうるわ》しい女が色っぽい浴衣姿で、ずるずると粥を啜る姿はなんとも滑稽《こっけい》であったが、雀は表情を崩さずに座敷の隅に座っている。

五位鷺は鋭い視線を雀に向ける。

少しでも笑おうものならば、凄《すさ》まじい叱責《しっせき》を浴びせられる。禿の頃に何度かそうされたものだから、雀は多少のことでは動じない。

五位鷺はいつも行儀悪く食事をするわけではない。毎日客の前では太夫として振る舞わなければならないから、どこかでその緊張を緩和させなければならないのだ――。

そう考えれば、五位鷺が気の毒だという思いが勝って、笑いを漏らすことはない。

五位鷺は粥を啜り終えると、懐紙で唇を拭《ぬぐ》った。

それが合図で、雀は膳を下げた。

「台所の方が賑やかやったけど、なんやあったんか？」

五位鷺は京詞《きょうことば》風の言葉遣いで訊いた。『京で生まれ育った』と吹聴《ふいちょう》しているのだが、太夫のそれは京詞とは似て非なるものであった――。

「ここまで聞こえましたか」雀は笑いを噛《か》み殺しているのを悟られないように口元を押さえる。

「それは失礼いたしました――。実は、呉服屋の相模屋久右衛門さんが、昨夜辻斬りに殺されてしまったそうで」

「相模屋さんが――」

五位鷺の美しい眉がきゅっと寄った。

雀は又七から聞いた話を語った。

「なるほど――。気の毒なことでおましたなぁ。あんなええ人が殺《あや》められるなんて、神も仏もあったもんやおへんなぁ」

雀は背中の辺りがむずむずしてくるのを堪《こら》えた。

当時の女郎たちには、六方組《ろっぽうぐみ》と呼ばれる町の侠客《きょうかく》らが使っている荒っぽく粋な六方《ろっぽう》詞《ことば》を使う者が多かった。〈里詞《さとことば》〉、いわゆる〈ありんす詞〉が誕生するのはまだまだ後のことである。

五位鷺は美しい顔もさることながら、京生まれというところが江戸の御大尽《おだいじん》たちの心を奪い、柳町界隈に建つ傾城屋の太夫の中でも群を抜いた人気を誇っていた。上方の物品が〈下り物〉として尊ばれ、それ以外は〈下らない〉と言われた時代である。

しかし、雀は五位鷺の出自が嘘《うそ》であることを見破っていた。

彼女が話すのは京詞ではない。

雀が禿として、まだ格子だった五位鷺についた頃は、『京の生まれ育ち』ということを疑いもせず、不思議な抑揚《よくよう》の耳慣れない言葉に憧《あこが》れさえ抱いていたのだったが――。

雀は器用でもあったが、頭も耳も良かった。

宴席での五位鷺と客の会話を聞いているうちに、客の言葉と生国《しょうごく》を覚えてしまった雀は、『京の生まれ育ち』という五位鷺の自称に疑いを抱くようになった。

五位鷺の京詞には、摂津《せっつ》、播磨《はりま》、河内《かわち》などの言葉が混じる。ごちゃ混ぜの上方詞《かみがたことば》なのである。それに加えてほかの女郎らからうつった六方詞も混じるものだから無茶苦茶である。

京詞よりもほかの国詞《くにことば》の割合が多いのであるが、見世の者たちはみな関東の生まれであるから、五位鷺が京生まれと信じ込んでいる。

客が関東の者であればごちゃ混ぜの上方詞を使い、上方や西国《さいこく》の者であれば六方詞や江戸詞を使うので、客たちもまた騙《だま》されている。

しかし——。

自分の生国の言葉を、まったく育った土地の違う者が使っているのを聞くと、体がむず痒《がゆ》くなるような違和感を感じる。諸国の言葉に精通してしまった雀は、五位鷺の言葉に同様の感覚を覚えるのであった。

五位鷺の生まれはおそらく播磨の辺り。それは播磨の言葉が多く混じるからそう推当——推理したのであるが、もしかすると摂津、播磨、河内のいずれの国の生まれでもないかもしれない。雀の耳慣れない言葉が混じることもあるからである。

八年ほど前、子供であった雀はそのことをうっかり五位鷺に言ってしまった。

『おいらが姐《ねえ》さんの言葉は嘘んこの京言葉ですね』

すると、五位鷺は今まで見たこともないような怖い顔をして、

『なんで判《わか》った？』

と雀の襟を摑んで引き寄せた。まるで昔話の人食い鬼婆《おにばばあ》のような形相に、雀はすくみ上がった。

『色々な生国のお客さまがいらっしゃるので、お国詞を覚えてしまいました』

と震える声で答えると、

『お前がわっちの知らんとこで、客になんやら芸を見せて小遣いをせびっていると小耳に挟んだが、生国当ての芸だったんやな？』

『あい……。客の身ごなしや顔つき、体つきで生業《なりわい》を当てることも出来ます。お客さんたちは驚いて、喜んで、お小遣いをくれます』

五位鷺は、雀にぐいと顔を寄せ、耳元で、

『わっちの生国が京やないこと、誰にも言うんやないで。それから、生国当ての芸も今日から御法度《ごはっと》や。ええな。言うこときかんかったら酷い目に合わす』

と言った。

雀はがくがくと何度も肯いたのだった――。

そのことを思い出し、雀はぶるっと体を震わせた。

「どないした？」

五位鷺が探るような目で雀を見ていた。

「いえ……。ほんに相模屋さんはお気の毒なことで」

雀は誤魔化した。五位鷺は人の心を読むのが巧みだが、まさか今、自分が八年も前の事を思い出しているとは気づくまい――。雀はそう思ってにっこりと笑った。

「辻斬りを怖がって震えたと思うたら、なんや。人死にの話をしてるのに笑うんやない」

五位鷺は叱《しか》る。

「あっ。失礼いたしました」

雀はあたふたと頭を下げた。

「まぁええわ。ところで雀。お前、又七の話でおかしいと思うた所はないか？」

「あります」

雀はぴょこんと跳び上がるように身を起こすと団栗眼を見開いて五位鷺の方へ身を乗り出した。

「相模屋さんは戌の下刻に、なんのために一石橋を渡っていたかということ。辻斬りなのにお腹を一突きされただけということ――。その手口から辻強盗かと思ったのですが、財布が懐に残っていたとのこと……。でも、財布を取る前に川へ落ちたとも考えられます。あたしはやっぱり辻強盗の線かなと――」

　雀の言葉に、五位鷺は大きく肯いた。

「うむ。わっちの推当と同じやな」

　五位鷺は天井の辺りに視線を彷徨《さまよ》わせ、口元に笑みを浮かべる。

　雀は警戒した。自分に対する意地悪を考えているときの表情と同じである。

　邪《よこしま》な考えは途切れさせなければ――。

「あの……」雀は口を開く。

「もう一つ推当《おしあ》てたんでございますが、もしかすると、相模屋さんに恨みを持つ者のやったことでは……」

　五位鷺ははっと我に返ったような顔で雀を見ると、鼻で笑った。

「ふん。お前も相模屋さんを知っとうやろ。恨みを買うようなお人かいな」そこで一度首を傾《かし》げる。

「誰が見ても好人物というお人が、殺されるほどの恨みを買っていた――。こいつは面白《おもろ》いやないか」

「あの、人死にの話に面白いと仰《おお》せられるのはどうかと思いますが」

雀はおずおずと言う。

「じゃかぁしい！」五位鷺は雀を睨む。

「お前は面白いとは思わへんのかい」

「いえ……」雀は困ったように微笑《ほほえ》む。

「そういう謎《なぞ》は嫌いではございませんが……」

「探ってみい」

「は？」

「その謎を探ってみいと言うとるんや」

「なんのためにでございます？」と訊いた瞬間閃《ひらめ》いた。

「ああ。お客さまとの話の種《くさ》にするのでございますね？」

雀が言うと、五位鷺は唇を歪《ゆが》めて笑う。

「考えが浅いなぁ。まぁ、黙って言う通りにしなはれ。そのうちにわっちがなにをしようとしているか見当がつくさかいに」

「はぁ……」

五位鷺の意図が分からず、雀は眉を八の字にした。

「さぁ、風呂に入るで」

五位鷺は立ち上がる。

「はい」

雀は小走りに襖に駆け寄って、開けた。

五位鷺は優雅な身ごなしで部屋を出た。

三

五位鷺が湯殿を出ると、入れ違いに数人の格子が中に入っていった。昼見世前に体を清めるためである。

湯殿のある傾城屋は少なかったが、洗い場は必需《ひつじゅ》であった。一晩に何人もの客を相手にする女郎は、そのたびに体を清めた。前の客の名残《なごり》を消すとともに、避妊《ひにん》の役割もあった。

廊下の向こうから、二人の禿が早足でやってきた。二人とも艶やかな黒髪を尼削《あまそ》ぎにして、赤地に白抜きの牡丹《ぼたん》模様の小袖を着ていた。五位鷺つきの禿、夏蚕《なつご》と鮎汲《あゆくみ》であった。

「太夫。寛兵衛さまがお呼びでございます」

鮎汲が言った。

五位鷺は鷹揚《おうよう》に肯く。

夏蚕と鮎汲は五位鷺の後ろに回り、にこにこと笑って雀を挟み込んで手を繋《つな》いだ。

二人の禿は雀を見上げながら『お早う姐《あね》さま』と口を動かすと、さっと離れて五位鷺の側《そば》を歩く。夏蚕と鮎汲が雀と仲良くする様子を見せると、五位鷺が焼き餅《もち》を焼く。だから、二人の禿は気を遣っているのであった。

四人揃《そろ》って内証に入ると、寛兵衛は五位鷺に手招きした。雀と夏蚕、鮎汲は隅っこに控える。

寛兵衛の背後には頑丈な金具で補強された大きな簞笥《たんす》。その上の天井近くには縁起棚《えんぎだな》と呼ばれる神棚が祀《まつ》られていた。

下げ髪に浴衣姿の五位鷺は長火鉢の前に座り、縁《ふち》に置かれた寛兵衛の更紗《さらさ》の莨入《たばこい》れを取ると、炭火で長い清国《しんこく》製の煙管《きせる》を吸いつけた。

莨は昨年渡来したばかりの新しい嗜好品《しこうひん》である。当然、高価なものであり、おいそれと手を出せるものではない。扇屋では寛兵衛と五位鷺だけが、馴染《なじみ》の大店《おおだな》の旦那《だんな》から煙管や莨入れと共にもらったのであった。

「相模屋さんのことでござりんすか？」

　自分の莨《の》を喫まれた寛兵衛はちょっと不機嫌そうな顔になる。

「いや。町役さんも今朝は大忙しだ。相模屋さんのことを知らせに来て帰ったと思ったら一刻《いっとき》（約二時間）も経《た》たずにまたやって来た」

「それで、今度はなにを伝えに来たので？」

「太夫に言われた通り、次のお茶汲みは、是非とも扇屋へと頼んでおいたんだが、それが通ったと知らせて来た」

　次のお茶汲《ちゃく》み——？

　雀と夏蚕、鮎汲は顔を見合わせたが、五位鷺は何度も肯いて煙を吐き出した。

「思うたより早うおましたな」

「あの……」雀は口を挟む。

「次のお茶汲みとはなんのことでございますか？」

「寄合衆《よりあいしゅう》のお茶汲みや」

　五位鷺は煙管の羅宇《らう》を掌《てのひら》に打ちつけ、灰を長火鉢に落とした。

　五位鷺の言う寄合衆とは、後の評定衆のことである。評定所は江戸幕府の最高裁判所のような機関であるが、その呼び名は寛文《かんぶん》八年（一六六八）からである。訴訟の制度自体が未《いま》だ整っていなかったこの時代は、私人から訴訟を持ち込む場合、寄合の最中の茶菓や食事の用意をし、女郎を手配して給仕として使っていた。

「寄合は、いつ、どこで行われるので？」

五位鷺が訊いた。

「明後日《あさって》。青山播磨《あおやまはりま》さまのお屋敷だ」

寛兵衛が答えた。

この時代、評定寄合の会場は、持ち回りで寄合衆の屋敷を使うことになっていた。

「すぐそこの紀ノ屋《きや》さんの横に太田屋《おおたや》さんっていう油屋さんが店を建ててるだろう。その土地の境目の件でいざこざがあってね。寄合にかけてもらうことになったのさ。うちの町内のことだから扇屋がお茶汲みをって太夫が言うものだから――」

寛兵衛はわずかに顔をしかめて五位鷺を見る。おそらくお茶汲みの謝礼は微々たるものなのだろう。昼見世で稼がせた方が儲《もう》かるのにと寛兵衛は思っているのだと雀は考えた。

「格子を何人かやろうと思っている」

寛兵衛は小さく肩を竦《すく》める。

「わっちを使うておくれやす」

五位鷺は煙管の吸い口からふっと息を吹き込んで灰の残滓《ざんし》を飛ばすと、二服目の莨を摘《つま》み出し、火皿に詰めた。火鉢の炭火で火を点《つ》ける。

「太夫を？」

寛兵衛は白い眉をひそめた。

「さいざんす。どうせわっちは昼見世には出ぇひんさかい、構わへんのやおへんか？」

「まぁ、そりゃあそうだが、なぜわざわざ給仕などしたい？」

「わっちにも色々と考えがあるのでござりんす。それに、扇屋が太夫を出したとなれば、寄合衆の覚えも目出度いのやおへんか。寄合衆の皆様は誰一人、うちで遊んだことはおへん。これを機会に贔屓《ひいき》になっていただければ、扇屋にも損はないのとちがいまっか？」

「うむ……。太夫はそれを狙《ねら》っていたのかい。それでは太夫に行ってもらおうか」

寛兵衛はにやりと笑って、雀の方に顔を向けた。

「雀。遺漏《いろう》のないように、太夫の用意を調えるのだよ」

「はい」

五位鷺に相模屋を調べるように言いつけられたばかりだが、寄合衆の給仕であれば、用意しなければならないのは季節に合った衣装と、舞の準備くらいだ。たいした手間ではないと雀は思った。

五位鷺は『しっかりやりぃや』と言うように雀に肯いて煙を吐き出す。そして、寛兵衛に顔を向けて、

「時に旦那。わっちは〈見世詞《みせことば》〉というもんを作ったらどないやと思《おも》とりますねん」

と言った。

「なんだい、その見世詞っていうのは」

寛兵衛は片眉を上げる。

「江戸もいずれは京大坂にも負けぬ大きな城下町になることでござりんしょう。今は上方から来る物を下り物とありがたがる江戸の町衆も、いずれは江戸の方が上と思うようになりやんす」

五位鷺は答えた。

「まぁ、そうだろうな」

「今でも遠国から買われてきた女郎らは、『田舎者《いなかもの》』とからかわれることが多おます。それは田舎臭い国言葉を使うからどす。客の興を削《そ》がないためにも、お里が知れる言葉を使わせないようにしたらどないやろと思うとるんでござりんす」

ははぁ——。と、雀は思った。

確かに、見世詞なるものを使えば五位鷺の言う効能はあるだろう。しかし、五位鷺の目論見《もくろみ》は別にあると雀は推当てた。

最近、麹町《こうじまち》八丁目に新しい傾城屋の建物を建て始めている。入ってくるのは京都六《ろく》条《じょう》の女郎らしい。

麹町は、現在では半蔵門《はんぞうもん》からまっすぐ続く町である。しかし、半蔵御門が築かれるのは寛永《かんえい》四年（一六二七）、二十一年後であり、この年にはまだ影も形もない。町は府中まで続く甲州《こうしゆう》街道に沿っていてしばらく前までは矢部村といった。

柳町から見れば、麹町はお城を挟んで西側にある。ずいぶん離れてはいるが、助平な男どもは京から来た綺麗《きれい》どころが揃っているとなれば、そんな距離などものともしないだろう。

本当の京生まれの遊女たちが江戸に入って来れば五位鷺の詐称《さしょう》がばれるのも時間の問題であった。恥をかくまえになにか手段を講じなければならないと、五位鷺は焦《あせ》りを感じているのだ。

「なるほどなぁ」寛兵衛は肯く。

「見世詞を使えば、お前さんの嘘もばれなくてすむからな」

その言葉に、五位鷺は驚いた顔で寛兵衛を見た後、さっと雀に顔を向けて怖い目をした。

雀は慌《あわ》てて小さく首を振る。

「雀が喋《しゃべ》ったんじゃないよ」寛兵衛が言う。

「この間、麴町に出来る傾城屋の旦那の家に挨拶《あいさつ》に行って来た。旦那も家の者たちも、お前のとはまるで違う京言葉を使っていたよ」

寛兵衛は苦笑した。

五位鷺は舌打ちして、掌に羅宇を打ちつけて灰を火鉢の中に落とした。

「雀！」

苛々《いらいら》した口調で五位鷺は言う。

「はいっ！」

雀は背筋を伸ばす。

「お前はあちこちのお国詞を知ってるやろ。どこの国とも知れぬ見世詞を作るんや。すぐやで。今から十日で作って、見世の女郎たちに教え込むんや。麴町に傾城屋が出来る前にな。ええな！」

「はいっ！」

答えながら雀は考えを巡《めぐ》らせる。

相模屋を調べることを命じられ、寄合衆の給仕の準備を言いつけられ、今度は見世詞なるものを作れという。どれを優先させればいいのかと訊きたかったが、どうせ『三つともに決まってるやないか』という言葉が返ってくるに違いない。

しかし——。

十日で生国を知られない見世詞を考え出すのは難しい。しかし、語尾や主な単語だけを替えて、それらしいものを作ることならできるかもしれない。相模屋の調べの合間に考えることもできそうだ——。

雀が頭を下げると、五位鷺は莨の灰を長火鉢に落とし、優雅な身ごなしで立ち上がった。そして雀には目もくれず、二階への階段を上る。

雀は寛兵衛に一礼すると、慌てて五位鷺の後を追った。

しばらく後のことになるが、雀が考えた見世詞はほかの傾城屋も真似をし始めることになる。

四

後の葭原遊廓では、女郎の出入りは厳しく取り締まられた。しかし、妓楼《ぎろう》が市中に点在するこの当時、足抜けを警戒して若衆を供につけることも多かったが、女郎の外出は比較的自由であった。

雀は、五位鷺に命じられた相模屋を調べる件を寛兵衛に話し、外出の許可を求めた。大伝馬町は柳町からおよそ十六町（約一・七キロ）。さほど遠いわけではないが、事情が事情だけに、寛兵衛は渋ると思ったのだが、寛兵衛は意外に簡単に「行っておいで」と答えた。

雀は一瞬小首を傾げる。寛兵衛が断ったならば説得しようと、あれこれ考えていたからである。寛兵衛はその表情を読みとったようで、苦笑しながら言った。

「その話、五位鷺から聞かされているんだよ。太夫は言い出したら聞かないからねぇ。臍《へそ》を曲げられてしまうと、商売にならない。――ところで、相模屋へは行ったことがなかったろう？」

相模屋も扇屋も道三河岸にあった頃は、よくお使いに出されていた。しかし双方が別々の場所に移ってからは、いつも主《あるじ》の久右衛門か番頭が品物を持って来たので、雀は大伝馬町の店には出向いたことはなかった。

雀が「はい」と答えると寛兵衛は、

「彦三《ひこざ》を連れてお行き」

と言った。

彦三は十五歳。今年、二階廻《にかいまわし》の見習いになったばかりである。遊女たちに助平な言葉でからかわれるとすぐに股間《こかん》を押さえて逃げ出す、初《うぶ》な少年であった。

雀は、まだ客をとったことがなかったから、馴染と恋仲になるなど足抜けをするような切実な問題を抱えていない。道案内だけならば、頼りない彦三でも大丈夫だろうという判断なのだろう。

「はい」

雀は肯いて、二階廻の溜《た》まりとなっている座敷に向かった。

＊　　＊

彦三は、雀が買われて来た時にはすでに裏方の手伝いをしていた。

二つ下の彦三を見ていると、雀は故郷の弟を思い出す。

だから、雀はよく彦三に声をかけたし、菓子などをもらうと必ず物陰に呼んで分け合って食べた。

彦三は、物心つくかつかないかの頃に、下働きとして売られて来たらしいが、そのあたりの事情は訊いても語らなかった。

　雀と彦三は扇屋を出て大伝馬町へ向かった。

　彦三は、雀の付き人という役目に張り切っているのだろう、堂々と胸を張って歩いているのだが、腰の後ろに斜めに差した籐《とう》巻《ま》きの腰刀がなんだか落ち着かなげに見えた。

　雀は微笑みながらその後について行く。

　江戸は現在よりもずっと堀や川が多い都市であった。江戸時代の間でも掘削《くっさく》や埋め立てが頻繁《ひんぱん》に行われた。扇屋のある柳町から大伝馬町へ向かうには日本橋川に架かる江戸橋を渡る。その江戸橋までの間に当時は二つの堀割があった。

　雀と彦三は、楓川沿いの材木町《ざいもくちょう》の道を江戸橋に向かって進む。左の岸には沢山の材木が浮かんでいる。丸太を筏《いかだ》に組んで城へ向かう船も行き交っていた。人足相手の屋台も並んでいて、一仕事終えた半裸の男たちが飯を食ったり酒を飲んだりしていた。人足たちはいつも、一見して遊女と分かる派手な小袖姿の雀に卑猥《ひわい》な言葉を投げかける。

　見世から使いに出ればたいてい材木町を通ることになるので、人足たちのからかいには慣れていた。言い返せばさらに酷い言葉を重ねられるだけなので、無視して通り過ぎるのだが――。

「今日は男連れか」

下卑《げび》た声が上がる。

彦三の足がぴたりと止まる。

雀は素早く彦三に歩み寄り、その袖を摑む。

「彦さん。相手にしちゃ駄目だよ」

「だけど雀姐さん……」

彦三の声は怒りに震えている。

人足たちは彦三の様子を見て、にやにや笑いながら立ち上がる。

「何十人も相手にして勝てる自信はあるのかい？　もしあんたが負ければ、あたしだってただじゃあすまない。あんたはあたしの道案内。ちゃんと相模屋さんまで送り届けるのが役目だろ」

「へい……」

彦三は歩き出す。

「なんでぇ。やらねぇのかい。この腰抜け！」

人足たちの罵声《ばせい》が飛ぶ。

嫌《いや》らしい空想を元に、二人の関係を揶揄《やゆ》する言葉も聞こえた。

「気にしない。気にしない」

雀は彦三の腰を押す。

しかし、江戸橋までは五町（約五四五メートル）余りもあった。喧嘩腰《けんかごし》の人足たちをやり過ごしても、溜まっている人足のからかいは延々と続いた。

その間、雀は平然とした顔で急ぐこともせずに歩いた。彦三は顔を真っ赤にして、奥歯を噛みしめながら進む。

からかっても雀が無反応だと知っている人足は「やめとけ、やめとけ。あいつは面白くねぇ」と、新参の仲間をとめるが――。

材木町界隈の人足たち全員が諦めるのはいつだろうと、雀はため息をついた。

やっと江戸橋まで辿《たど》り着くと、雀は立ち止まって左手を見た。日本橋川が六町（約六五四メートル）ほど先の外堀まで続いている。その中間辺りに日本橋、外堀との合流に一石橋が架かっていた。

「せっかく出てきたんだから、相模屋が刺された一石橋辺りの様子を探ってみたほうがいいね――」

雀は独りごちて小さく肯くと、一石橋へ向かって歩いた。彦三はその後に続く。

一石橋の名は、橋の南側に呉服御用達の後藤家、北側に金座支配の後藤家があり、後藤と後藤――、『五斗《ごと》と五斗で一石』と洒落《しゃれ》たという説がある。

雀は一石橋の中程で足を止めて、周囲を見回した。彦三も真似をしてきょろきょろと辺りを見る。往来する者たちが邪魔そうな顔で雀と彦三を避《よ》けて通る。

橋の左に、日本橋川が十字に合流する流れが見えている。

「あそこで落ち合っているのが外堀です」

彦三が言った。

知っていることだったが、雀は「そうなんだね」と肯いた。

彦三は嬉《うれ》しそうに続ける。

「その向こう側で落ち合っているのが、内堀から続く道三堀です。堀に架かるのが銭《ぜに》瓶《がめ》橋――」

その下を荷船が往き来している。さらにその向こうに曲輪内の大名屋敷の屋根が並び、石垣の上に足場を組まれた建築途中の天守閣が聳《そび》えている。大工や左官、人足たちが忙しく働いている姿が小さく見えた。

右側は日本橋川。

橋の北詰に屋台を出していた饂飩屋が、相模屋が川に落ちたのを見たという話だから――。

雀は橋の右側の欄干《らんかん》に歩み寄った。

自慢げに堀の説明をしていた彦三は、少し不満そうな顔をして雀の後を追う。

手摺《てす》りを見ながら北へ進むと、雀はすぐに血染みを見つけた。誰かが水で洗ったのだろう。はっきりと分かるほどではなかったが、風雨に晒《さら》されて灰色になった手摺りに赤黒い跡が残っていた。その周辺の橋の上にも血の痕《あと》がある。

「相模屋さんはここから落ちたんですね」

彦三は薄気味悪そうに顔を歪めた。

雀は欄干から身を乗り出して下を覗《のぞ》き込む。材木の筏を曳《ひ》いたり、菰《こも》を被《かぶ》せた荷を載せた船がこちらに進んでくる。橋の下からは空船が現れ、漕《こ》ぎ去って行く。

雀は欄干を離れ、橋の中央に歩いた。相模屋が刺された場所を確認しようと思ったのである。しかし、橋板は土埃《つちぼこり》を被っていて、血の痕は見あたらない。

とすれば、相模屋さんは欄干の側で刺されたのか――。

雀は視線を橋の北詰に向けた。建ち並ぶ家々の前に、数軒の屋台が出ている。人足目当ての食い物屋である。

雀は小走りに橋を渡る。彦三もついて走る。

北河岸に出て、饂飩屋の屋台を見つけて歩み寄った。昨夜の饂飩屋は今頃家で寝ているだろうが、同じ場所に出している同業者ならば、なにか聞いているかもしれない。

饂飩屋は四十絡《がら》み。担ぎ屋台の向こう側で眠そうな顔をしている。

「一杯くださいな」

雀は言って長床几《ながしょうぎ》に腰を下ろした。

饂飩屋は「へい。いらっしゃい」と言って、棚から饂飩玉を取ると、笊《ざる》に入れて七輪にかけた鉄鍋の湯に浸《ひた》した。

「おじさん、昨夜もここに店を出してたでしょ?」

雀は七輪のそばにしゃがみ込んだ饂飩屋に言った。雀の言った通り、男は昨夜相模屋が川へ落ちるのを見た末吉《すえきち》であった。

「確かにその通りだが――」

末吉は不審そうに雀を見上げる。

「恐ろしいものを見て、眠れなかったんだね。それで家で寝転がっていても仕方がないと、屋台を担いで来たってところかな」

雀は長床几に座る。

彦三は少し迷って、床几の端《はし》っこに腰を下ろした。

「ご明察――」末吉は、雀の町娘にしては派手な小袖をじろじろと見た。

「女郎がこんな所でなにをしてる?」

「お使いの途中よ。昨夜の辻斬りの話を聞いて、一石橋まで遠回りをしてみたの。そしたら眠そうな顔をしてる饂飩屋さんがいるじゃないの。これは、昨夜辻斬りを見た饂飩屋さんだなって思って声をかけたのよ」

「酔狂な女《あま》っ子だな」

末吉は温めた饂飩を丼《どんぶり》に入れると、別の七輪で温めていた汁《つゆ》をかけ、雀に渡した。

「それで、辻斬りの姿は見えなかったって?」

雀は饂飩を啜りながら訊く。

「ああ。暗かったからな」

末吉は彦三にも丼を渡した。

「じゃあ、なんで気がついたの? 相模屋さんが川に落ちた音で?」

「いや。『辻斬りだ。助けてくれ』って声を聞いて橋を見た。そしたら男が欄干にもたれてるのが見えた。もう一度『助けてくれ』って声がしたと思ったら、男は川へ落ちた」

「ふーん。声がしたから気がついたんだ」

「いや――。まず橋の上に人影が動いた気がしてそっちを見たんだ。よろけてたから酔っぱらいだと思った。だとすりゃあ、シメで饂飩を食ってくれるかもしれねぇと思った。橋の下を通り過ぎた篝火《かがりび》で、仕立てのよさそうな葡萄茶《えびちゃ》の着物を着ているのが分かった」

「ちょっと待って」雀は箸を止める。

「提灯《ちょうちん》は？」

「提灯？」

「そうよ。相模屋さんは提灯を持っていなかったの？」

「ああ――。そういえば、持っていなかったな」

「なんで提灯も持たずに夜道を歩いてたんだろう」

「月夜じゃなかったが、足元が見えねぇくれぇじゃなかった。新月でよっぽど厚い雲でもかかってねぇかぎり、夜道でも提灯なんかいらねぇよ」

「なるほどねぇ。そうかもしれないねぇ――。暗い中、提灯を持っていない相模屋さんに気づいたのはなぜ？」

「人影が動いていたからさ」

「ここからでも橋を歩く人影は見えたのね――。なら、辻斬りの人影も見えたはずよね。着ている物で侍か町人かの区別はつく。どっちだったの？」

「いや……。おれが見た時には辻斬りはもういなかった」

「いなかった？」雀は眉根を寄せた。

「ちょっと待って。あんたは酔っぱらいの人影を見て、次に『辻斬りだ。助けてくれ』って声を聞いたのよね。だったら、相模屋さんと辻斬りが向き合っているところを見たはずじゃない。橋の上の血の痕は欄干の所だけだったから、相模屋さんも辻斬りも欄干の側に立っていた。相模屋さんが見えたんなら、辻斬りも見えていたはずよ」

「うむ……」末吉は上を見上げて昨夜の記憶を辿る。

「酔っぱらいが橋を渡ってくるのを見た。もしかすると饂飩を食ってくれるかもしれねぇと思って、おれは七輪に鍋を置いたんだ。その時、橋の方から目を逸《そ》らした。きっとその隙《すき》によっぽど素早く殺《や》ったんだろうぜ。だとすれば、相当の手練《てだ》れだな」

「うん――。だけど、賊《ぞく》が相当の手練れなら、相模屋さんが『辻斬りだ。助けてくれ』なんて言う暇があるものかな。一突きで急所を刺して命を奪うんじゃない？」

「おれが知るかよ」末吉は面倒くさそうに言う。

「弘法《こうぼう》も筆の誤り。上手の手から水が漏るって言うじゃねぇか。手練れだってたまには手が滑ることもあらぁな」

　末吉がそう言ったとき、彦三が「あっ」と声を上げた。

「ねぇ、雀姐さん。辻斬りの得物《えもの》は槍《やり》じゃないですかい？　槍だったら、欄干から離れた所から一突きできやすぜ」

　彦三が興奮した口調で言う。

「ああ、なるほど。槍か――。そうかもしれないね」

　雀は汁を飲み干すと、丼を末吉に返し、懐から財布を出した。彦三も慌てて饂飩を掻《か》き込み、自分の財布を出した。

「いい推当を聞かせてもらったからご馳走《ちそう》するわ」

　雀は、財布を持つ彦三の手をそっと押した。

「すみません」

　彦三は首を竦めるようにして礼を言った。

「ああ――」末吉は丼を桶《おけ》の水に浸《つ》けながら言う。

「そういやぁ昨夜、鍛冶町《かじちょう》と鍋町《なべちょう》の辻にも辻斬りが出たらしいぜ」

「どっちが先？」

「向こうが先のようだから、そいつがこっちに回ってきたのかもしれねぇな」

「殺されたのは？」

「誰も。大工が大人数に囲まれたらしいが、うまく逃げおおせたらしい」

「なんで大工だって分かったの？　誰が見たの？」

「お前ぇ、なんでも訊きたがる奴だな」末吉は顔をしかめる。

「騒ぎを聞きつけて市中見回りの役人が駆けつけた時には誰もいなかったんだそうだ。襲われたのが大工だって分かったのは、道具箱が落っこちてたからだってよ」

「ふーん。あとはなにか知らない？」

「昨夜のことはこのくれぇだよ」

「そう。ありがとう。また何か訊きに来るかもしれないからよろしくね」

雀は長床几を立った。

五

北河岸から外堀沿いに本両替町《ほんりようがえちよう》、本町《ほんちよう》一丁目へと進み、そこから右に折れる。本町を四丁目まで歩くと、辻の向こうが大伝馬町であった。外堀の内側から移ったばかりの店が多く、まだ真新しい家や、建築途中の建物もあり、材木の清々《すがすが》しい香が漂っていた。あちこちから鎚音《つちおと》も聞こえて来た。

買い物客や行商人の間を、大工や左官が忙しげに駆け抜ける。

雀のように太夫の、あるいは妓楼の用足しに来ているのだろう、派手な小袖の女郎らしい姿もちらほら見えた。若衆がついている者もついていない者もいた。

女郎たちのほとんどはそのまま逃げ出してしまおうとはしない。出奔《しゅっぽん》しても生きてはいけないことをよく知っているからである。

妓楼から追っ手がかかるのは勿論《もちろん》だが——。

関《せき》ヶ原《はら》の戦が終わり、天下の趨勢《すうせい》は決したが、まだ豊臣《とよとみ》家は存続していた。次の戦の火種はあちこちに燻《くすぶ》っていたし、関ヶ原で敗れ国を失った浪人たちが町にも街道にも溢《あふ》れて、己の命を繋ぐために他人の命を奪うことなど日常茶飯事なのであった。

昼の町中ならば人目もあるので物騒な連中もなりを潜《ひそ》めている。しかし、夜になれば辻斬りが横行し、昼でも一歩町を出れば飯のタネを探すことに目を血走らせた浪人たちがあちこちにたむろしている。町の外側は修羅《しゅら》の巷《ちまた》なのである。

恋いこがれた男と手に手を取って逃げる女郎もいないではなかったが、その末路はたいてい無惨《むざん》なものであり、楼主が心配するほどには、本気で足抜けを考える女郎は多くない。

だから、お使いで妓楼を出る女郎たちのほとんどは、最初《はな》っから逃げようなどとは考えないのである。少しでも望みを抱けば、苦界での生活に耐えられなくなるという理由もあったが。

諦める――。

すべての望みを捨てて、流れに身をまかせ、刹那的《せつなてき》に生きる。それが女郎として生きる唯一の便《よすが》であった。

初めての大伝馬町であったが、彦三に教えられるまでもなく雀は相模屋を見つけた。店の前に人だかりができているのである。

おそらく相模屋の遺骸《いがい》が戻されたのだろう。集まっているのは弔問客《ちょうもんきゃく》たちだと雀は思った。

相模屋は蔀《しとみ》を閉じていた。潜《くぐ》り戸の側に番頭らしい男が立っていて、中から出てくる者たちと、中に入る者たちの整理をしている。

雀と彦三は脇《わき》に回って、板塀の開け放たれた通用口から中を覗いた。

台所の勝手口も開いていて、忙しげに働く下女たちの姿が見えた。客に出す茶菓や、今夜の通夜《つや》の用意をしているようだった。

下女たちの中に、顔見知りの娘を見つけ、雀は声をかけた。

「おもんちゃん」

黒塗りの膳《ぜん》を磨いていたもんが雀を見て驚いた顔をし、年上の下女になにか言って外に出てきた。

「どうしたの雀姐さん」

もんは通用口の外に立つ雀に手招きした。

雀は小走りにもんに近寄った。

彦三はそのまま通用口の外で待った。

もんは、久右衛門や番頭が扇屋を訪れる時にお供でついてくることが多かった。雀と年が近いこともあり、親しく言葉を交わす仲となったのだった。

もんの目は赤い。ついさっきまで泣いていたのだろう。

「忙しい時にごめんね」

雀はすまなそうな顔をして頭を下げた。

「いいのよ。ちょうど息抜きをしたかったの」

もんは小声で言ってちろっと舌を出す。

「太夫から言いつかって来たの――。番頭さんたち、忙しそうね」

「うん。今夜は旦那さまのお通夜だからね――」

もんの顔がくしゃくしゃっと歪む。目に涙が膨《ふく》れあがった。

「あっ。ごめん――」

雀はもんに寄り添って背中を撫《な》でる。

「すごくいい旦那さまだったのよ……」

もんはしゃくり上げた。

「ごめんね。やっぱりこんな時に来るんじゃなかったね。出直すわ」

「いいの……」もんは涙を拭って微笑を浮かべる。

「番頭さんに用事なら、お着物の相談ね。あたしが聞いておこうか?」

「そうじゃないの。太夫からね、相模屋さんがどういう人なのか聞いて来いって言いつけられたのよ」

「旦那さまがどういう人か? どういうこと?」

「太夫は相模屋さんを殺《あや》めた奴を見つけようとしているみたい」

「太夫が?」

もんは驚いた顔をした。

「うん。評定寄合の給仕へ出かけるまでに探れって言われたから、きっと寄合衆の前で推当を披露《ひろう》するつもりなのよ。お茶汲みをしたいって太夫から言い出したのよ」

「へぇ。太夫が評定寄合のお茶汲みをねぇ」

好奇心が悲しみを脇に押しやったようで、もんは身を乗り出す。

「まぁ昼餉の世話や、舞の披露なんかもするんだけどね」

「でも、推当を披露してどうするの？」

「きっと、いい客筋が欲しいのよ。推当をする太夫なんて珍しいから。寄合衆の皆さまの興味を引こうって魂胆《こんたん》なんだわ」

「ああ。なるほどねぇ」

「それで、太夫とあたしは相模屋さんを殺めたのは辻斬りじゃないって推当ててね。相模屋さんを恨んでいた人がいなかったかとか、色々と番頭さんに聞き出して来いって言われたの」

「旦那さまは人に恨まれるような人じゃなかったわ――」そこまで言って、もんははっとした顔をする。

「ちょっとまって、雀姐さんも推当したの？」

もんに訊かれて雀は『しまった』と思った。

推当をするのは太夫だけではないと自慢したい気持ちがついつい出てしまったのだった。

「うん、まぁね――」と曖昧《あいまい》に答えてから、雀は畳《たた》みかけるように訊いた。

「でも、相模屋さんはずいぶん繁盛《はんじよう》しているじゃない。商売敵《がたき》はいたでしょう」

「うちは新参だから、控えめに商売をしているの。旦那さまも腰が低かったし、同業の旦那たちには悪くは思われていなかったわ」

「ああ、そうだったわね。相模屋さんはお店を出してあまり間がなかったわね。相模屋さんっていうくらいだから、相模の出なの？」

「そうらしいわ。あたしは詳しくは知らないけど、相模の北の方の村の生まれで、ずいぶん苦労したっていう話よ。神奈川《かながわ》に出て古着屋を始めて、お金を貯めて、江戸に出てきたって聞いたわ」

「年は幾つだったの？」

「四十八」

「ご家族は？　奥さまと、息子さん一人と娘さん二人だっけ？」

「ええ。奥さまがかねさま。お子さんが、富太郎《とみたろう》さんとうめお嬢さま、ゆきお嬢さま」

「お店は富太郎さんが継ぐの？」

「ええ。そうなるって大番頭さんが言ってた。富太郎さんはまだ十七だけど、大番頭さんがしっかりした人だから心配ないってみんなも言ってるわ」

「家族の仲はよかった？」

「雀姐さん。旦那さまのご家族を疑ってるの？」

もんは怖い顔をする。

「いいえ」雀は慌てて首を振った。

「太夫からはきっとそう訊かれるから」

言いながら雀は、太夫を悪人にすれば色々と突っ込んだことを訊けると思った。

「太夫は性《しよう》が悪いから――」雀はもんに顔を近づけて小声で言った。

「普通の人なら申し訳なくて訊けないようなことまで聞いてこいって言うのよ」

「そうなの？」もんは目を見開いた。

「評判のいい太夫さんだと思ってたのに」

「太夫は外面《そとづら》だけいいんだから。おもんちゃんだから話すのよ。内緒にしといてね」

「分かった……。雀姐さん、苦労しているのね」

もんは気の毒そうに雀を見た。

雀は少しだけ五位鷺に悪いことをしたと思いながら、真顔で「そうなのよ」と言った。

「家族仲はとてもいいと思う。ただ、お三人とも可愛《かわい》がられて大切に育てられたから、ちょっと世間知らずかな」

「奥さまとお子さんは、相模から連れてきたの？」

「いいえ。奥さまは旦那さまが江戸に出て来た時に奉公したお店の親戚《しんせき》の娘さんだったんだって」

「そうか――」雀は、これ以上もんから聞き出すことはなさそうだと判断した。

「忙しいところにお邪魔してごめんなさいね。なにか思い出したことがあったら知らせて」

「うん、旦那さまに恨みをもってそうな人ね。分かった。雀姐さんも頑張ってね」

雀は肯いて通用口に向かう。隣の家の板塀に背中を持たせかけて手持ちぶさたそうにしていた彦三が慌てて姿勢を正した。

「あっ。雀姐さん」

もんが声をかける。

立ち止まった雀にもんが近づいてきて、

「そういえば、時々、人相風体《ふうてい》の悪い男が旦那さまを訪ねてきて、お金をせびっていたわ」

と言った。

「時々って――、いつ頃から？」

「去年あたりからかな」

「最近ではいつ頃？」

「そうねえ――。前までは一月《ひとつき》、二月《ふたつき》に一度は来てたんだけど。半年前くらいからぱったりと姿を見せなくなったわ」

「その男は何者なのか分かる？」

「旧《ふる》い知り合いってだけ。もしかすると番頭さんならなにか知っているかもしれないから訊いておくわね」

「ありがとう。お願いね」

雀は言って通用口を出た。

そして彦三の顔を見上げ、にっこりとする。

「女の話は長くていけねえって、顔に書いてあるわよ」

「そんなこと……」

戸惑った顔をした彦三の鼻の頭を指でつついて、雀は路地を出る。

すっと人影が現れて雀の行く手を塞《ふさ》いだ。

格子縞《こうしじま》の着物の尻《しり》をからげた目つきの悪い中年男である。道中差を一本、腰に差している。

彦三が慌てて男と雀の間に割って入る。

「なんでぇ、お前《め》えは」

彦三は男を睨み上げる。

「それはこっちの台詞《せりふ》だぜ。なにやらこそこそと小女《こおんな》と話をしやがって。お前らは何者でぇ？」

男の言葉に、雀は彦三を押しやって前に出た。

「お上《かみ》のお勤めをなさっている親分さんとお見受けいたします」

雀は慇懃《いんぎん》に頭を下げる。

同心の手下《てか》か――。雀の言葉を聞いて、彦三はぎょっとした顔をした。

「あたしは柳町の妓楼、扇屋の女郎で雀というものでございます。相模屋さんはうちの出入りのお店でございまして、事情が事情でございますから、楼主がお悔やみに参る前に様子を見てこいと命じられまして――」

「なんでぇ。そういうことかい」

男はつまらなそうに言った。

「これから失礼のないようにお名前を伺っておきとうございます」

雀は顔を上げて言った。

「おれは、南組奉行所定廻《じょうまわ》り同心、望月辰之新《もちづきたつのしん》さまの手下で、十軒店《じっけんだな》の長兵衛《ちょうべえ》ってもんだ。よく覚えときな」

後の世で〈北町〉〈南町〉と呼ばれる奉行所は、この時代〈北組〉〈南組〉と呼ばれていた。この年からしばらく後、南組奉行所は銭瓶橋の南の呉服橋のそばに、北組奉行所は銭瓶橋の北側の大橋近くに建てられるが、この頃はまだ、町奉行の屋敷が奉行所として使われていた。

十軒店は、日本橋から筋違御門《すじかいごもん》まで真っ直ぐ続く通りにある町である。大伝馬町からもすぐであった。

「誰が相模屋さんを殺めたのか、目星はついたのでございましょうか？」

「人を殺すことなんぞなんとも思ってねぇ奴らがうようよしてやがるんだ。そんなに簡単に見つかるもんか」

長兵衛は鼻に皺《しわ》を寄せた。

「左様でございますよねぇ。失礼いたしました――。相模屋さんが川へ落ちた所を見たのは饂飩屋だと聞きましたが、そのほかに見た者はいなかったんでしょうか？」

「いねぇよ。誰か辻斬りを見た奴がいれば、よかったんだがな」

「相模屋さんが殺される前に、鍛冶町と鍋町の辺りでも辻斬りが出たとか」

「誰から聞いた？」

長兵衛は険しい顔になる。

「誰でも知ってますよ。町の人たちは辻斬りのことにはぴりぴりしてますからねぇ
――。そっちの辻斬りが一石橋にまで回って来たってことはございませんかね？」

「さてな――。狙われた大工もただ者じゃねぇ様子だったたって話だからなぁ」

「ただ者じゃない？」

雀は慣れない科《しな》を作り、長兵衛の腕に触れた。

長兵衛は少しにやけた顔をして、

「辻斬りに反撃した様子なんだ。鑿《のみ》を投げつけて、辻斬りに怪我《けが》をさせたようだ。そ
して、役人が駆けつけたってぇのに、辻斬りと一緒に姿を消した」

「怪しゅうございますね」

雀は長兵衛から手を離し、自分の顎《あご》に指を当てて考え込む。

鑿を投げつけて相手に当てるくらいなら、手裏剣だって相手に当てられるね。手裏
剣なら遠くから投げるわけだから、饂飩屋が姿を見ていなくてもおかしくはない――。

だけど、その手裏剣はどこにいったんだろう？　やっぱり槍の線かねぇ――。

「いけねぇ」長兵衛は我に返ったように真顔にもどった。

「余計な話をしちまったぜ」

「十軒店の親分さん」雀はもう一度長兵衛の腕に触れた。

「実は、今度の寄合にうちの太夫がお茶汲みに伺うことになったんです。色々と教えていただければ寄合衆の皆様とお話も弾《はず》むというもので」

雀は素早く後ろを向いて財布からなけなしの一分金を出し、長兵衛に握らせた。一分判金は数年前から鋳造が始まった貨幣で、五位鷺が機嫌のいい時に、『縁起もんとしてとっときなはれ』と雀にくれたものであった。

長兵衛はにやりと笑って懐から財布を引っ張り出し、もらった金を入れる。

「こいつはすまねぇな。だがよ、今のところなんにも分かっちゃいねぇんだ。なにか分かったら知らせてやるぜ」

長兵衛は拝むように右手を上げると通りに戻って行った。

「とんだ散財でござんしたね。寄合は明後日でござんしょう？」

彦三が気の毒そうに雀を見た。

「まぁ仕方がないさ」雀はため息をつく。

「一分は太夫から取り戻すよ」

「太夫、払ってくれますかね」

「うん……。払ってくれなかったら一つ手を考えてる。それでも駄目なら、明日までに十軒店の親分が一分ぶんのネタを知らせてくれることを祈るだけだね」

六

五位鷺はぷかりぷかりと煙管をふかしながら、雀の報告を聞いていた。煙管は一尺ほどもある無骨な真鍮《しんちゅう》の延煙管《のべぎせる》。町奴《まちやっこ》たちが喧嘩の時に武器に使う、いわゆる喧嘩煙管である。

五位鷺の後ろには夏蚕と鮎汲、二人の禿が控えている。

「それで、太夫。一分の件ですが……」

報告を終えると、雀はおずおずと切り出した。

「一分を失《うしの》うたんは、お前が悪い」五位鷺は素っ気なく言った。

「相手がどれだけ役に立つかを見極めずに金を出すいうんは、愚の骨頂や」

「そう仰せられると思ってました」

雀は肩をすくめる。

五位鷺の目がぎらりと光る。

「お前——。調べて来たこと、全部喋っただろうね？」

「そのことでございます」雀は居住まいを正す。「聞き込みにはお金がかかります。饂飩屋から話を聞くのに、あたしと彦さん、二人分の饂飩代もかかりました」

「それで？」

五位鷺は顎を反らせて雀を見る。

「これから太夫に聞き込みや探索を命じられる時には、あらかじめその費用を頂戴《ちょうだい》しとうございます。今の報告、一つだけ省かせていただきました。費用の件、お約束いただければ、省いた件をお話しいたしましょう」

「わっちを相手に駆け引きをしようっていうんか？」

「未だ客を取れない女郎でございますので、小遣いしかもらっておりません。手元不《ふ》如意《によい》では、太夫から命じられた聞き込みにも支障がでます。駆け引きというよりも、道理とお考えいただければ」

「お前に道を教えられるとは思わなかった」五位鷺は苦笑する。

「それで、いくら欲しい？」

雀は真剣な顔で指二本を突き出した。

五位鷺はふんと鼻で笑うと「夏蚕」と声を掛けた。

夏蚕はさっと立ち上がると、棚の文箱《ふばこ》を開けて財布から金を取り、五位鷺に差し出した。

夏蚕の手には小判が二枚載っていた。

「あほんだら。雀の指は今日の損の分を入れて二分よこせという意味や」

五位鷺太夫は舌打ちをしたが、夏蚕は平然とした顔で、

「五位鷺太夫ともあろうお方が、しみったれたことを仰せられるものではございません。雀姐さんにたった二分しか渡さなかったと聞こえれば、評判に関《かか》わります」

と言い、にっと笑った。

「お前はわっちの味方か。それとも雀の味方か」

五位鷺は夏蚕の手から小判をひったくると、雀の前に放《ほう》り投げた。

「わっちの真心を信じてもらえないとは情けない。夏蚕は悲しゅうございます」

夏蚕はあからさまな泣き真似をした。

「どいつもこいつも」

五位鷺は、喧嘩煙管に苛々と莨を詰めた。

煙草盆の炭火でせわしなく莨を吸いつけると、煙を吐きながら雀を見る。

「それで、省いた話ってのはなんや?」

「半年ほど前まで、相模屋さんに金をせびりに来ていた男がいたそうでございます」

「なに……」

五位鷺は眉をひそめて雀を見る。

「半年より前は、一月、二月に一度、金をせびりに来ていたそうですが、半年前からぷっつりと来なくなったとのこと」

「なるほど。で、お前はどう推当てた?」

「仕事に就いたか、なにかで大儲けをしたか。あるいは、もうこの世の者ではないか――」

「相模屋が金をせびられるのを嫌がってその男を殺した。そしてその男の仲間が、仇《あだ》討《う》ちをしたとも考えられる――。そう推当てたんか?」

「そういうことも考えられるかな、と」

「ふん。浅いね」

五位鷺は鼻で笑う。

雀は膨れっ面をした。

「そういうことも考えられるかなと申しました。相模屋さんが仇討ちで殺されたんじゃないかっていうのは、推当の一つです。それ以外にも、久しぶりに金の無心に来た男が、相模屋さんに断られて頭に来て殺めたとか、色々と考えられます。そもそも推当というものは、あらゆる〝もしかしたら〟を考えて一つずつ潰《つぶ》して行くもんだと教えてくださったのは太夫で——」

「もういい」五位鷺は面倒くさそうに手を振った。

「お前、楼主と一緒に、相模屋の通夜へ行って来い」

「金をせびっていた男が通夜に現れるとお考えですね」

もし、相模屋が金をせびっていた男を殺しているのならば、当然その男は通夜には現れない。だが、相模屋が好意で金を与えていたとすれば、金をせびっていた男は恩義を感じているだろう。だとすれば、男は通夜か葬儀に姿を現す。また、金をせびっていた男が相模屋を殺したのではなかったとしても、本当に殺した男が自責の念にかられて通夜に現れるということもあり得る——。などなど、〝もしかしたら〟を幾つも考えた。

五位鷺が言い出さなければ雀の方から通夜に行ってみたいと申し出ようと思ってい

たのだった。

男が現れれば、相模屋殺しに関係ない可能性が高まるが、話を聞けばなにか手掛かりが得られるかもしれない。

「そういうことや――。通夜に現れなければ、次は葬儀や。夕方まで時があるから、じっくりと見世詞を考えるんやで」

「忘れてた……」

雀は呟《つぶや》き、一礼すると端の大部屋へ走った。

＊　＊

通夜に行くのに、派手な小袖というわけにもいかない。雀は地味な木綿の着物に着替えて彦三と一緒に寛兵衛の供をした。

夕刻、相模屋に入った寛兵衛は五位鷺や雀と打ち合わせた通り、大番頭に「小女のもんをちょっと借りたい」と話を通した。

雀は大番頭と共に台所へ向かった。ちょうどいいので久右衛門に恨みをもっていそうな人物や、金をせびっていたという男について訊いてみようかとも思ったが、それはもんに頼んであるし、女郎が唐突に訊くような話でもない。あらかじめ寛兵衛に頼んでおくのだったと後悔しているうちに台所に着いた。

大番頭は忙しげに膳の用意をしているもんを呼び出した。

「忙しい時にごめんなさいね」

雀と彦三はもんを廊下へ誘《いざな》いながら言った。

「いいのよ。忙しいのは嫌い」もんはちろっと舌を出して襷をはずす。

「それで、あたしはなにをすればいいの？　番頭さんからはまだ例の男のことは訊いていないわよ」

「うん。それはいいの。通夜に来た人たちの中に、例の男がいないかどうか確かめてほしいのよ」

もし相模屋に金の無心をしていた男がいたならば、彦三がその後を追ってねぐらを確かめる算段である。

「任せといて」

もんは足早に廊下を進んで、通夜の客たちが膳を囲んでいる座敷の前を通った。

「ここにはいないわ」

もんは小声で言うと店に向かう。廊下ですれ違う客たちに頭を下げながら、通り土間に降りて、店の外に出た。

「まだ来ていないみたいね」

もんは隣の蠟燭《ろうそく》屋の看板の陰に隠れて、ぞくぞくと集まる弔問客の顔を確かめた。

小半刻《こはんとき》（約三〇分）ほど経った時、突然後ろから声をかけられた。

「お前ぇらなにをしてる？」

雀、彦三、もんは、跳び上がるほど驚いて振り返った。

そこに立っていたのは十軒店の長兵衛であった。

「十軒店の親分……」

雀は言った。

「なんでぇ。昼間の女郎かい」長兵衛は三人に近づく。

「傾城屋の若衆と、相模屋の小女も一緒か。客の中に誰かを探しているのか？」

「親分も誰かを探しているのでございますか？」

「自分が殺した奴の通夜や葬式に、出かけてくるってのはありがちなことだからな」

それも雀の推当の中にあることだった。

「それで、お前ぇたちは、誰を探してるんでぇ？　おれと同じ読みで、相模屋を殺した奴が現れるかもしれねぇって思ったかい？」

「うちの旦那にお金をせびっていた男を」

もんが答えた。

余計なことを――。と雀は思ったがもう遅い。

長兵衛は眉根を寄せる。

「相模屋に金をせびっていた男がいたのか？　そんな話、聞いてねぇぜ」

「ああ――」雀が笑みを浮かべながら答える。

「昼間は、突然親分さんが現れてびっくりしたもんだから、お知らせしそびれたんでございますよ。それで、まず確かめてから親分さんにご報告をと」

「嘘をいいやがれ。太夫の話のネタにするつもりだったんだろう」長兵衛は舌打ちする。

「そいつの面《つら》を知ってるのはお前ぇか？」

長兵衛はもんを見た。もんは怯《おび》えた顔で肯く。

「そいつが現れたら、あとはおれに任せろ。とはいえ、たんまりもらったからな。とっ捕まえる所までは見物していてもいいぜ」

長兵衛はにやりと笑った。

「そのほかに怪しい者が現れたら、教えてくださいね」

「おう。一分ぶんのネタは教えてやるぜ」

長兵衛は雀たちの前に出てしゃがみ込んだ。

店に出入りする弔問客は引きも切らない。相模屋は大店ではないから、これだけ弔問する者が多いのは、主人の人柄だろうと雀は思った。

ならば、恨みの線は消えるか――。

雀はそう考えかけたが、恨みというものはどんな場面で買ってしまうか分からない。本人も気づかないうちに恨まれているということもあると思い直した。

雀は店が忙しくなると、扇屋を訪れる客たちが女郎の用意ができるまでに溜まる座敷で、酒の酌をすることもあった。そんな時、客たちの自慢話や愚痴、世間話を耳にする。

そういう〝耳学問〟で雀は世間を学んだ。

客と女郎の駆け引きも目の当たりにしているから、男や女がどういう場面で嘘をつき、どんな言葉で傷つくかもよく知っていた。

長兵衛が来てから半刻（約一時間）ほど過ぎた頃、もんが小さい声で「あっ」と言った。

「来たのかい？」

雀が訊いた。

「どいつでぇ?」

長兵衛が身を乗り出し、闇《やみ》を透かし見る。

「あそこです」

もんは道の向かいの、すでに蔀を下ろしている店の方を指差した。

隣の店との路地に人影がある。身を潜めているその男は、年の頃は四十五、六。瘦《や》せ形で粗末な木綿の着物に、膝に継ぎ当てのある股引《ももひき》を穿《は》いていた。城の普請《ふしん》に雇われている人足風であった。

「よし。ひっ捕まえてやる」

長兵衛が腰を浮かしかけた。

その襟を雀がぐいっと引くものだから、長兵衛は尻餅《しりもち》をついた。

「なにしやがんでぇ!」

長兵衛は小声で鋭く言う。

「しっ。あの男に聞こえますよ」

雀は人差し指を唇に当てる。目は路地の男に向いたままだった。

男は両手を合わせ、相模屋の方に向かって頭を下げた。

「お前ぇが邪魔するからだろうが」

長兵衛は雀を睨んで立ち上がる。

その袖を引っ張って、雀は長兵衛をしゃがませた。

「あの男が相模屋さんを殺めたっていう確証はないんですよ」

「だからとっ捕まえて、白黒つけるんじゃねぇか」

「ここで騒ぎが起こったら、弔問客たちが驚きます」

「それがどうしたってんだ」

「親分さんは、弔問客に紛れて犯人が現れるかもしれないって仰《おつしや》ってたじゃないですか。もし、あの男が相模屋さんを殺してなかったら、本当の犯人を逃がしてしまうことになるかもしれませんよ」

「うむ……」

「だから、あの男はあたしと彦三に任せてもらえませんかね」

「お前ぇたちに？」

長兵衛は片眉を上げげた。

「親分さんは、いろんな悪者を見てらっしゃるから、本当の犯人が現れればそれとお分かりでしょう？」

「ああ──。勘はいい方だ」

「ならば、ここで見張りを続け、あの男はあたしらにお任せくださいまし。見れば腕っ節も強そうじゃないし、彦三とあたしが後をつけてねぐらを見つけて来ますよ」

「なるほど。そういうことかい──」

長兵衛は少し考えて路地の男を見る。

男はまだ手を合わせていた。

「よし。そうしよう。ねぐらを見つけたらすぐに戻って来いよ」

「もちろんですとも」

雀はにっこりと笑った。

男が長々と下げていた頭を上げると、踵《きびす》を返して路地の奥に消える。

「行くよ」雀は彦三を促した。

「おもんちゃん、ありがとうね」

雀は彦三を従えて小走りに路地に駆け込んだ。

七

　路地を抜けた男は通りを横切って伊勢町《いせちょう》裏河岸の堀端を歩き、西堀留川《にしほりどめ》の畔を江戸橋の方向へ進んだ。尾行する雀と彦三にはまるで気づかぬ様子で、肩を落としとぼとぼと足を進めている。

　男は江戸橋を渡り、材木町を進む。真っ直ぐ行けば柳町の扇屋へ続く道である。篝火が焚《た》かれ、人足たちが忙しげに材木の筏を組んでいる。

　男は右の道に入った。川瀬石町《かわせこくちょう》である。小路を何度か曲がり、奥まった長屋の木戸を潜る。

　雀と彦三は木戸の陰から男が腰高障子《こしだかしょうじ》を開けて中に入るのを確かめた。すぐに障子の内側に灯明の明かりが揺れた。

　雀は路地を進み、男の部屋の前に立つ。

「ごめんなさいよ」

と中に声を掛ける。

「はいよ」

　すぐに返事があり、障子に影が映った。どうやら入り口の竈《かまど》で食事の用意をしていたようだと雀は思った。

　腰高障子が開いて、痩せた頰に無精髭《ぶしょうひげ》が伸びた初老の男が顔を出した。雀を見て驚いた表情を浮かべる。

「あんた、誰でぇ？」

「相模屋さんの知り合いさ」

雀が言うと男の顔が強張《こわば》り、慌てて障子を閉めようとした。彦三が飛び出して障子を押さえた。

「わっ！」

男は部屋の中に逃げ込む。しかし六畳一間の部屋は三方が壁で、外への逃げ道はない。

「怖がらなくていいよ。あんたをどうこうしようってつもりはないんだから」

雀は言って半畳の三和土に入り、板敷に腰を下ろし、部屋の中を眺め回す。

畳は敷かれていない板敷で、藁布団《わらぶとん》と掻巻《かいまき》が置かれている。古ぼけた行李《こうり》が一つ。

箱膳が一つ。三和土の脇の竈には、鍋と釜《かま》が置かれ、焚き口に焚き付けの小さな火が消えそうに揺れていた。三和土の壁には草鞋《わらじ》と手っ甲、脚半《きゃはん》、所々に穴の空いた菅笠《すげがさ》がぶら下げてある。

「お城の普請に雇われているんだね？」

雀は奥の壁際に座り込んで身を縮めている男に目を向けた。

「道具類がなにも見あたらないから、材木や石を運ぶ人足ってところかな。どこから江戸に流れてきて、人足の仕事にありついた――」そこまで言って、雀はぽんと手を叩《たた》いた。

「国は相模かい？」

「へい……」男は小さく肯いた。

「同郷の相模屋さんを頼って江戸に出てきて――」彦三が怖い顔をして板敷に片足を上げた。

「金をせびっていたんだな？　断られて殺めたかい」

「違うよ彦さん」雀は首を振る。

「相模屋さんは、あんたが仕事に就くまでの間、世話をしてくれていたんだろう？」

雀が訊くと、男はがくがくと肯いた。

「だって雀姐さん。去年から半年も金をせびってたんですぜ。人足の仕事なんか、すぐにでも見つけられやすよ。半年前に相模屋さんに金の無心を断られて、逆恨みが高じてぶすり――」

「読みが浅いよ、彦さん。この人はどこか患《わずら》っていたんだよ。病が癒《い》えるまで半年、相模屋さんに面倒をみてもらい、人足の仕事に就いた。違うかい？」

「その通りでございます……」

男はゆっくりと正座し、雀に頭を下げた。

「あんた、名前はなんていうんだい?」

「五平《ごへい》と申します」

「なぜ江戸に?」

「留松《とめまつ》と——、相模屋さんと同じでございますよ」

「留松? 相模屋さんは久右衛門さんだぜ」

彦三が言った。

「奉公したお店の旦那が、留松を番頭にする時に改名させたんだそうで。留松じゃあ番頭らしくないっていうんで」

「それで、相模屋さんと同じ理由ってのは?」

雀は訊いた。

「世の中には掃《は》いて捨てるほどある話でございます。わたしは津久井《つくい》郡の白嶺《しらね》村という山里で生まれ育ちました。谷間《たにあい》の村で田畑の数も少なく、誰もが貧しい土地でございます。子供が産まれれば間引きされ、運良く生かしてもらった子供たちも、飢饉《ききん》が起これば売られます。留松もわたしも、子を殺し、娘を売って生きながらえました」

五平の目が暗くなった。

雀の胸が締めつけられるように痛んだ。

まるで目の前に父親がいるかのように感じた。雀の父も子を殺し、娘を売って生きながらえている――。

「相模屋さんは、故郷に嫁や子供がいるのかい？」

彦三が訊いた。

雀ははっとする。自分の身の上に重ね合わせて胸を痛め、肝心なことを聞き逃していた。

「いえ――」五平は首を振った。

「ろくに食うものもございませんから、病が流行《はや》れば次々と人が死にます。留松もわたしも流行病《はやりやまい》で家の者が死に絶え、あんな村に住み続ける理由もなくなりましたので、江戸に出て参りました」

五平は苦いものを嚙んだかのように、顔を歪めた。

世の中には掃いて捨てるほどある話――。五平の言う通りであった。

城下町の町人たちは百姓よりいくらかましではあったが、戦に巻き込まれれば家を焼かれ巻き添えで斬り殺されることだってある。

東方でも西方でもいいから、早いところ決着をつけてほしい。それが民衆たちの願いであった。

「なるほど。相模屋さんはそういう理由で江戸に出て来たのかい――。それで五平さん。相模屋さんを殺めた者になにか心当たりはないかい？」

雀は気を取り直して訊いた。

「辻斬りに殺されたのではないので？」

五平は怪訝《けげん》な顔をする。

「辻斬りにしては妙なことが色々とね」

「それでわたしをお疑いで――。ところでそちらはどなたさんで？」

やっとそこに気づいた五平は、疑わしそうな顔になって雀と彦三を見た。

「相模屋さんの知り合いってのは本当だけど――。南組奉行所同心に、望月辰之新さまって方がいらっしゃるんだ。そのお方の手下の十軒店の長兵衛って親分に頼まれたのさ。親分には五平さんは関係ないとよく言っておくよ。もし、親分が聞き込みに来たら、あたしに言ったことと同じ事を言えばいい――。で、相模屋さんを殺した奴になにか心当たりは？」

「いえ。留松は、皆さま方もご存じでございましょうが、本当に人柄のいい男でございました。人さまに恨まれるようなことをする男ではございません」

「相模屋さんからなにか困り事があるとか聞いたことはねぇかい？」

彦三が訊く。

「いえ。商売も順調だから、うちで働かないかと言われました。体に負担がかからないよう、軽い仕事をあてがってやろうと――」

「なぜそれを断って人足を？」

雀が訊く。

「留松の所で働けば、甘えが出てしまうと思いまして」五平は恥ずかしそうに微笑む。

「わたしはだらしない男でございますから、楽な方へと流れてしまいます。それでは駄目だと思いまして、体がいくらか良くなったところで、留松の助けを断ったのでございます。留松はにっこり笑って『そうかい。困ったらいつでもおいで』と言ってくれやした。あの男は人の不幸を黙って見ていられない善人でござんした……」

五平は声を詰まらせ、鼻水を啜った。

五平の言葉に嘘はなさそうだ――。と雀は思った。嘘をつく男の表情や態度にはいくつか特徴がある。微《かす》かに目が泳いだり、指が落ち着かなげに動いたり。嘘をつきなれた男は逆に、じっとこちらを見つめたりする。

五平の表情、態度は、親しい者を喪《うしな》った悲しみに溢れていた。

「そうですか」雀は言った。

「本当に大切なお方を亡くしなさったんですね。十軒店の親分にはしっかりとそう伝えておきますからご安心を」

雀は彦三を促して五平の部屋を辞した。

彦三が懐中提灯を伸ばし、蠟燭に火を灯《とも》す。

「人の不幸を見ていられない善人か――」彦三がぼそりと言った。

「なんだか気持ち悪うござんすね。そういう奴に限って裏で悪いことをしているのが多ござんすが」

「うん……。相模屋さんに限ってまさかとは思うけど、彦さん、調べられるかい？」

「もちろんでござんす」

彦三は嬉しそうに言った。

雀と彦三は約束通り、大伝馬町の相模屋に戻った。長兵衛はまだ蠟燭屋の看板の陰で、弔問客たちの様子を窺《うかが》っていた。

「おお。どうだった？」

長兵衛が訊く。

「あの男の名前は五平。相模屋さんとは同郷でございました」

雀が答えた。

「なんでぇ。あいつと話したのか?」長兵衛は眉を吊《つ》り上げる。

「ねぐらを確かめるだけって言ったじゃねぇか」

「危なそうな男に見えなかったのでつい」

雀は笑って誤魔化し、五平から聞いた話を長兵衛に伝えた。

「――五平は関係なさそうでございますよ」

「うーむ」

長兵衛は苦い顔をする。

「聞き込みに行くんなら、ご案内いたしますが、どうなさいます?」

雀は長兵衛の顔を覗き込んだ。

長兵衛は渋面のまま首を振る。

「なんの手掛かりもなさそうな所に聞き込みに行くほど暇じゃねぇや」

「さすが十軒店の親分」

雀は再び慣れぬ科を作って長兵衛の胸に掌を置いた。長兵衛の苦い顔がにんまりと緩む。

なんだい。あたしもまんざらじゃないじゃないか――。

二度も長兵衛の顔が変わったので、雀は嬉しくなった。五位鷺にいつも面相のことで悪口を言われるのですっかりなくなっていた自信が、少しだけ蘇《よみがえ》った。

「それじゃあ、あたしらはこれで失礼いたします」

雀は軽く膝を曲げてお辞儀するとその場を離れた。

雀と彦三は、通りを真っ直ぐ進んで、十軒店の辻を左に曲がった。日本橋へ続く道である。

本当は江戸橋を渡って材木町に出た方が柳町の扇屋に近かったが、夜の仕事前にたっぷりと酒の入った人足たちのたむろするそこを歩くのを避けたのである。

日本橋、中橋と渡って、中橋四丁目で左に曲がり、炭町《すみちょう》の道を真っ直ぐ進むと柳町であった。

扇屋に戻ると、五位鷺は馴染の大店の旦那を相手に宴を開いている最中であった。

雀は彦三に礼を言って、急いで化粧をし上等な小袖に着替えると、なに食わぬ顔で芸者たちが舞を披露している宴席に紛れ込み、末席に座った。

五位鷺は、白髪頭をきちんと結った老人の横に座り、優雅に朱塗りの杯《さかずき》を口に運んでいる。ちらりと雀に目を向け、小さく唇を動かす。宴席で離れた場所に座る雀に用を言いつける時の手段であった。

雀は五位鷺の唇を読む。

『爺《じじ》ぃは後朝《きぬぎぬ》の別れまでいる』

馴染の旦那は明日の朝までいるから報告はその後にしろ――。という意味であった。

だから少し休めとか、そういう言葉が欲しいところだったが、五位鷺には望めない。

雀は疲れた表情を笑みで隠し、座敷に座り続けた。

＊　＊

明け六ツ（午前六時頃）の鐘が鳴り、泊まりの客たちが帰って行くと、見送りに出た女郎たちは二度寝の床に潜り込む。

朝四ツ（午前一〇時頃）まで寝た女郎たちは朝風呂に入り髪を結い、昼見世の用意を始めるのであるが、五位鷺は二度寝をせずに雀の報告を受けた。

禿の夏蚕と鮎汲は欠伸《あくび》を噛み殺しながら五位鷺の左右に控えていた。襖の向こうの座敷では、小女が床をかたづけている音がしている。

「――なるほど。せやったら彦三の知らせ待ちやな」

五位鷺は鮎汲にちらりと目配せした。鮎汲は煙草盆をさっと五位鷺に差し出す。優雅な身ごなしで煙管を吸いつけ、五位鷺は煙を吐き出した。

「それで、せっかく夜に戻って来たんやから、相模屋があの晩に歩いた道筋は確かめて来たんやろな?」

「あっ……」

雀は口元に手を当てる。帰り道は人足に言いがかりをつけられたくないということばかりを気にして、それを忘れていた。

相模屋が何者かに謀殺《ぼうさつ》されたのであれば、あの晩、どこでなにをしていたかが分かればその手掛かりが摑める可能性がある。

相模屋が殺された刻限近くまで待って、町の屋台や往き来する大工、左官、人足たちに話を聞けばよかった。そうすれば、相模屋が一石橋に至るまでの道筋が分かったかもしれない。

「なんや。忘れてたんかいな」

五位鷺は不機嫌そうに唇を歪める。

ここで素直に認めては、長々と説教を受けることになる。雀は澄まし顔を作って

「いいえ」と首を振った。

「まずは太夫にいち早くご報告をしなければならないと道を急ぎました」

「わっちは太夫やで。夜は客が来ているに決まっとるやないか」

「寄合までに推当をまとめておかなければならないとなれば、太夫は必ず宴席の間に暇を作り、あたしから知らせを受ける算段をなさると思っておりました」

それは本当であった。しかし五位鷺は酔って気持ちが良くなっていたようで、芸者たちの歌舞音曲に浸りきっていたのであった。

五位鷺は顔を歪めて舌打ちした。

雀は続ける。

「相模屋さんがあの晩に辿った道筋については十軒店の親分に訊こうと思っておりました」

それは今思いついたことであった。同心の手下であれば、それくらいの調べはしているはずである。

「相模屋があの晩どこにいたかが分かれば、なぜ殺められなければならなかったのかの糸口が摑めるかもしれません。親分さんから話を聞いた後、そちらに回ってみるつもりでございます。うまくいけば、今日のうちにすべての推当を立てて、明日の寄合に臨めます」

雀は背筋を伸ばし、自信に満ちた顔で五位鷺を見つめた。ここで押し切れれば、五位鷺の説教を回避できる。雀は目に力を込めて少し前に乗り出した。

「そういうことやな」

五位鷺は灰を灰吹きに落とす。

雀はほっとしたがそれを表情には出さない。鷹揚に肯いて見せる。

「ならば、さっさと朝餉の用意をしなはれ」

五位鷺は顎で雀に出ていくよう促した。

「朝餉の用意ができましたら、すぐに十軒店へ走ります」

雀はゆっくりと一礼して立ち上がる。

ここで慌てては五位鷺がこちらの手に気づくかもしれない。雀は直《す》ぐにでも走って逃げ出したい気持ちを抑え、部屋を出て廊下に膝を折り、一礼すると襖を閉めた。

そこで大きな溜息《ためいき》をつきたいところだったが、それも堪える。

一階への階段に足を踏み出し、雀は大きく息を吐いた。

後ろから夏蚕と鮎汲が走って来た。

「うまくいったね、雀姐さま」

猫のように雀に擦《す》り寄りながら夏蚕が言う。

「なにが？」

雀は眉をひそめて立ち止まる。

「姐さまはいい人だから、嘘が顔に出るもの」

夏蚕はくすくすと笑う。鮎汲も「出るもの。出るもの」と楽しそうに繰り返す。

「え？　どういうこと？」

雀は顔が冷たくなるのを感じた。

「雀姐さまは、嘘をつくと鼻の穴がちょっと大きくなる」

「大きくなる。大きくなる」

「だから、太夫にばれやしないかとひやひやしてたのよ。姐さまは、本当に相模屋さんが歩いた道筋を確かめるのを忘れてたんでしょ？　ばれずによかったよかった」

禿の二人にばれていたのなら五位鷺が気づかないはずはない――。

雀は恐怖の表情を浮かべながら五位鷺の部屋を振り返った。

気づいていながら説教をしなかった？

自分を労《いたわ》って、わざと騙されたふりをするなんてことをする人じゃ、断じてない。

なにを企んでいるの――？

雀は空恐ろしくなって、急いで階段を駆け下りた。

八

夏蚕と鮎汲は、五位鷺に朝餉を届ける役を買って出た。

「だって、朝餉を持っていった時に太夫の説教が始まったら大変でしょ」

と夏蚕は言う。夏蚕もまた、太夫が雀を虐《いじ》める企みをもっているのではないかと疑っている様子だった。

「雀姐さまは——」鮎汲が言う。

「今日一日あちこち歩き回らなければならないので、少しでも暇をつくってあげようと思いましたって話せば太夫も『さよか』って言うよ」

雀は禿たちの思いやりに感謝し、五位鷺は二人の爪《つめ》の垢《あか》を煎《せん》じて飲めばいいのにと思いながら湯漬けを啜り込んで扇屋を出た。

雀は炭町を通り中橋三丁目に出て、中橋、日本橋を渡った。小田原町《おだわらちょう》、瀬戸物町《せとものちょう》、本町の辻を通り過ぎると十軒店である。

雀は長兵衛の住まいを知らなかったが、大工やその助《すけ》たちで賑わう飯屋で訊くとすぐに分かった。

十軒店の長兵衛は口入屋《くちいれや》を本業としていて、石町《こくちよう》三丁目との辻に店を構えていた。口入屋とは、現代でいうところの人材派遣業である。店先には江戸の外から来たとおぼしき風呂敷包《ふろしきづつ》みを背負ったみすぼらしい姿の男たちが行列を作っていた。あちこちのお国言葉が飛び交っている。

雀は背伸びをしたり腰を屈《かが》めたりしながら店の中の様子を窺った。

番頭らしい中年の男たちが板敷や広い三和土にいて、仕事を求める者たちの名前を帳面につけていた。長兵衛は板敷の奥にでんと座り込み、その様子を眺めている。

「親分さん。親分さん」

雀は中に声をかける。

長兵衛は行列の向こう側に雀の姿をみつけ、板敷から下りて列を掻き分け、外に出てきた。

「なんでぇ、こんなに早く。なにかいいネタを持って来たか？」

長兵衛は雀を見下ろした。

「そうじゃございませんよ。ちょいと訊きたいことがあってやってきたんでございます」

「そろそろ一分の底が尽きるぜ」

「なら、一つだけ。あの晩、相模屋さんはどこから出て一石橋へ至ったのか。それをお聞きしたいのでございます」

「ああ……。そのことかい」長兵衛は顔をしかめて、小指で耳の穴をほじくる。

「それが、さっぱり分からねぇんだよ。あの晩、相模屋は一石橋を北河岸に向かって歩いていたことは確かだ。だとすれば呉服町の方から来たんだと思うんだが、大工町、檜物町。日本橋の通りの向こうっかわの平松町《ひらまつちょう》、油町《あぶらちょう》、箔屋町《はくやちょう》辺りを聞き込んでも相模屋を見たって奴は見つからねぇ」

「夜だったから人通りがなかったんですかね」

「そういうわけでもねぇ。あの晩、相模屋が歩いていたはずの刻限にその辺りを往き来してた奴からも聞いたんだ」

「ということは……」雀は人差し指を顎に当てた。

「相模屋さんは人目を避けて歩いていたってことでしょうかね」

「そういうことだろうな」

「相模屋さんはあの晩、どこで誰と会っていたのか――。それがこの件の謎を解く鍵《かぎ》でございましょうね」

「だがよぉ、店の者も知らねぇ。歩いてたのを見た奴もいねぇとなると、手詰まりだぜ」

「うーむ」

雀は人差し指を顎に当てる。

相模屋はなぜ人目を避けて一石橋まで行ったのか。

雀は相模屋になったつもりで考えた。

呉服町の側にいたのなら、一石橋、日本橋、江戸橋のいずれかを渡らなければ大伝馬町の相模屋には帰れない。橋の上では人目を避けることは難しい。ならばせめて橋を渡るまでは人目を避けたい――。

その人目を避けたい理由はなにか？

通った道を知られたくないということはつまり、何者かと会った場所を知られたくないのだ。

何者かと密談をしたとすれば、場所はどこだ？

料理屋。どこかのお店《たな》――。

料理屋なら調べようもあるが、どこかのお店でこっそり会っていたとなれば難しい。あるいは、内堀の向こう側の大名屋敷のどこかということも考えられる。

たとえば、大名屋敷ならば手練れの侍がたくさんいるはずだ。槍の名人がいれば、餛飩屋の目から隠れながら相模屋さんを殺めることができる——。

だけど、大店でもない呉服屋の相模屋さんが大名屋敷に呼ばれることなんかあるだろうか？

それに、大名屋敷ならば、内堀の橋を渡って通りに出なければならない。夜間の普請に携わっている者たちにその姿を見られる。わざわざ一石橋まで姿を隠して移動する意味がない。

やはり、料理屋かお店の線か——。彦さんに調べさせようか。

と思って上げた雀の目に、長兵衛の顔が飛び込む。

雀はにっと笑った。

「なんでぇ……」

なにを勘違いしたのか、長兵衛はどぎまぎと顔を赤らめる。

「あの晩、相模屋さんは、どこかの料理屋かお店にいて、そこから一石橋に向かって歩いたんじゃないかと思いましてね。親分さんがまだお気づきじゃなけりゃあ——」

「なんだ。そんなことかい」長兵衛は鼻に皺を寄せる。

「馬鹿にするんじゃねぇよ。とっくに手下を走らせてるよ」

「さすが、親分さん」雀は胸のところで手を叩く。

「それで、なにか分かりましたか？」

「一石橋から南側の相模屋がよく使う料理屋と有名どころは当たった。だが相模屋は来てねぇとよ。相模屋と知り合いの店は、呉服屋以外も調べたがそっちも無駄足さ」

「左様でございますか……」

「それで、傾城屋まで広げて調べさせてるが――、お前ぇんとこには行ってなかったか？」

「まさか」雀は笑った。

「相模屋さんは真面目《まじめ》な方でございますから、女郎を買うなんて――」

「馬鹿。傾城屋へ行くのは、なにも女郎を買うばかりじゃあるめぇ。お前んとこには着物の商いに行ってただろうが」

「ああ」

雀はぽんと手を打つ。相模屋が商いで扇屋を訪れるのはいつも昼間なので、その線は考えていなかった――。

「迂闊《うかつ》でございました――。相模屋さんのお客の所に行っていたかもしれないということでございますね」

「そうよ。で、扇屋へは行ってなかったか？」

「あの晩はいらしておりません」

「確かか？」

「はい。太夫のところにお馴染みさんがいらしている時は、あたしは小女みたいに働いていますんで、どんなお客さんがいらしているかは全部把握しています」

「お前ぇは客を取らねぇのか？」

長兵衛は驚いた顔をする。

「はい……」雀は悲しげな顔を作る。

「借金を返さなけりゃならないのに、まだ客を取らせてもらっていません」

「そうかい……。生娘《きむすめ》かい……」

長兵衛は複雑な表情になる。

「あら、親分さん、嫌らしい。なにを想像なさってるんです」

雀は唇を尖《とが》らせて長兵衛の二の腕を軽くつねった。

「いやぁ……」

と長兵衛は曖昧な笑みを浮かべたが、すぐに真顔になる。

「真面目な相模屋だって男でぇ。生娘なら分からねぇだろうがよ、男ってぇのは、機会さえありゃあ色んな女と寝てみてぇもんなんだ」

「一度これと決めたら、別の女郎に手を出すのは御法度でございますよ」

「そりゃあ傾城屋ごとの話だろうが。こっそり別の傾城屋で女を買う男はごまんといらぁ――」

「それでも、ばれたらそのお客はこっぴどくとっちめられますよ」

「まぁ、それはそれとして――。客が真面目な男でとおっているんなら、正面から傾城屋に入るのは評判にかかわるって思うだろう。こっそり裏口から入る奴だっているんじゃねぇのか？」

「いないわけじゃありませんが、楼主がおさえておりますよ」

「だったら、お前ぇは知らず、楼主だけが知っている客ってのもいるんじゃねぇのか？」

「うちではあり得ません」雀はくすくすと笑う。

「扇屋の裏も表も、一番よく知っているのはたぶんあたしです」

「そうかい……。それじゃあ扇屋の調べは省くように言っておくよ」

「相模屋さんが傾城屋へ行っていたとして、親分さんはどんな筋書きを考えているんです？」

「こっそり会っていた女郎と別れ話がこじれて、帰り道の相模屋を追いかけてぶすり

――ってのはどうだ？」

「駄目だめ」雀は顔の前で手を振る。

「それだったら饂飩屋が姿を見てます」

「そうだよなぁ……」長兵衛は腕組みをして溜息をつく。

「まぁ、なにかいい推当を思いついたら知らせろ」

「親分さんもなにか分かったら教えてくださいよ」

「一分金の分はもう教えてやったぜ。次は金を持って来な」

長兵衛は言って店に戻った。

五位鷺からもらった二両はまだ財布に入って懐の中である。

「どこかで崩さなきゃね。小判を渡したんじゃそれが当たり前になっちまいそうだ」

雀は呟いて踵を返した。

日本橋に向かって歩き、室町《むろまち》の小間物屋で櫛《くし》を買い、雀は一両を崩した。もう一両はとりあえずそのままでおくことにした。

店を出たところで声をかけられた。

「雀姐さん」

彦三である。相模屋に裏の顔があるかどうかを調べに、早朝から店を出ていたのであった。おそらく大伝馬町を中心に走り回っていたのであろう。室町で出会ったということは、調べを終えて扇屋へ戻るところだったか――。

「どうだった？　彦さん」

「さっぱりですよ。裏の顔どころか、悪い噂《うわさ》一つ聞きやせん」

顔の汗を手拭いでぬぐう彦三を、雀は近くの茶屋に誘った。床几に座って甘酒を二つ注文する。

「とにかく商売熱心で商人《あきんど》の鑑《かがみ》みてぇな評判ばかりでござんす」

彦三は小女が運んできた甘酒をふーふー吹きながら一口啜った。

「あたしらが知っている通りの相模屋さんだね」

「へい。やっぱり辻斬りだったんでござんすかね。槍の試し刺しって線が一番しっくりくるような」

「うん……」

手掛かりはなに一つ摑めていない。

分かっているのは、なにかの目的でどことも知れぬ場所に出かけていた相模屋が殺されたということだけである。

辻斬りではなく、なにかの理由で殺されたという推当は思いこみにすぎなかったのか――？

雀の自信は揺らいできた。

いや。相模屋さんがなんのためにどこに出かけ、なぜ歩いた道筋を隠したかがはっきりしない限り、推当は生きている。

「寄合のお茶汲みは明日でござんしょう？」

彦三が言う。

「うん。太夫がなにを考えているのか分からないけれど、とりあえず相模屋さん殺しの周辺は調べたんだ。あとは太夫が料理するだろうさ」

雀は肩をすくめた。

五位鷺は寄合のお歴々の気を引き、新しい客として取り込もうという魂胆らしいが、それもまた、なにかしっくりこない。

雀はほどよく冷めた甘酒を一気に啜り込んで立ち上がった。

「さて、戻ろうか」

「へい――。なんだか太夫にこっぴどく叱られそうで気が重うござんす」

彦三も立ち上がる。

「同感だね」

雀と彦三はとぼとぼと歩き出した。

＊　　＊

二人の憂鬱《ゆううつ》を知ってか知らずか、五位鷺は報告を聞くと、

「そうかい。ご苦労やった」

と素っ気なく言って、追い払うように手を振った。

なにか考え事をしている様子である。明日のお茶汲みでなにをどのように仕掛けるかを思案しているのだと雀は思った。

第二章

一

若い役人が道三河岸《どうさんがし》の畔《ほとり》に立っていた。濃い水色の肩衣《かたぎぬ》に同色の袴《はかま》。月代《さかやき》を剃《そ》った頭に二つ折りの髷《まげ》。名を戸塚丈之介《とつかじようのすけ》という。

役職は南組奉行所御出座御帳掛同心《ごしゆつざごちようがけ》。町奉行が評定にかけるために提出する事件名簿などを整理する役目である。今年数え二十五歳になった。

道三河岸は外堀の内側であるが、河岸の辺りにはかつて町屋が建っていた。それらは取り壊され資材置き場となり、河岸にはひっきりなしに材木を運ぶ舟が出入りしている。新しい材木のにおいと荷車や修羅《しゆら》が巻き上げる土埃《つちぼこり》のにおいが満ち、足音、鎚《つち》音《おと》、石を曳《ひ》くかけ声が交錯《こうさく》している。

丈之介は、評定寄合《よりあい》に参加する南組奉行の土屋権左衛門重成《つちやごんざえもんしげなり》のお供で、卯《う》の下刻《げこく》(午前七時頃)から、今回の寄合場である青山播磨《あおやまはりま》の屋敷に出向いていたのだが、昼少し前に用を言いつけられて道三河岸まで来たのである。

少し前までここには、扇屋《おうぎや》を含む数軒の傾城屋が建ち並んでいたが、今はいずれも柳町《やなぎちょう》に移っている。

河岸のある道三堀は家康《いえやす》の命令で天正《てんしょう》十八年（一五九〇）に開削された堀であったが、江戸港に入った船から物資を江戸城に運び込むための運河として幕末まで使われた。

丈之介はなにやら不満そうな顔をして銭瓶《ぜにがめ》橋の方角を眺めている。橋の向こう側で流れは平川となり外堀川が交差している。銭瓶橋の下から望める平川には一石《いちこく》橋、日本橋、江戸橋が架かり、それを潜《くぐ》って舟が往《ゆ》き来《き》していた。

人足たちが、突っ立っている丈之介の脇《わき》を舌打ちしながら通り過ぎる。「邪魔だ！邪魔だ！」――と怒鳴りながら丈之介に道を譲らせる荷車もあった。

丈之介が命じられた用とは、給仕の女郎の出迎えであった。

今日の女郎は、給仕は初めてで青山屋敷の場所を知らない。来るのは太夫《たゆう》だそうだから、小者《こもの》を出しては無粋であろうと土屋が言いだし、丈之介が出迎えの役を言いつけられたのである。

いくら太夫とはいえ、役人の自分が出迎える必要があるのか――。だから丈之介は不満げな顔をしているのであった。

女郎は柳町の扇屋から来る。柳町は、江戸橋の向こう側から南北に流れる楓川《もみじがわ》の畔にあり、女郎らはそこから舟で道三河岸に向かう手筈《てはず》になっていた。

堀を行き交う荷舟、空舟の間を縫うようにして、一艘《そう》の屋根を掛けた舟が現れた。

行き過ぎる舟の船頭や人足たちが、思わず舟に顔を向ける。一瞬驚いた顔をした男達は、一転して下卑《げび》た言葉で舟に乗る者たちを囃《はや》し立てた。

「やっと来やがったぜ」

丈之介は背伸びをするようにして、舟に手招きした。

舟には艶《あで》やかな装束《しょうぞく》の五、六人の女郎が乗っていた。

当時の女たちは多くが下げ髪か玉結びであったが、女郎らは頭の上にまとめた髪を結い、前髪を左右に分けた唐輪髷《からわまげ》である。着ている物は金糸銀糸で刺繍《ししゅう》された小袖《こそで》。太夫らしい女は〈地無し〉、下の布地が見えないほどに刺繍を施された豪華な小袖である。舟が近づくに連れ、それは杜鵑花《さつき》や花菖蒲《はなしょうぶ》、花橘《はなたちばな》など、夏の花の花尽くしであることが分かった。

舟が河岸の石段の側《そば》に寄る。男衆らが先に石段に飛び移ると、舟を引き寄せて女郎たちに手を貸し、降りるのを手伝った。

「お出迎え大儀」

太夫らしい瓜実顔《うりざねがお》の美しい女が、つんと澄ました顔で言って、丈之介を顎《あご》で促す。

五位《ごい》鷺太夫《さぎだゆう》であったが、丈之介はまだその名を知らない。

丈之介は、体中の血が一瞬で頭に集まるのを感じた。

口から怒声が飛び出す寸前に、五位鷺との間に若い女郎が割り込んだ。雀《すずめ》であった。

「わざわざのお出迎え、ありがとうございます」

雀は深々と腰を折った。舟に乗っていたのは豪華な刺繍の小袖を着た女郎ばかりだと思っていたが、女の小袖は刺繍もなく、菖蒲《あやめ》の柄が描かれただけのものであった。

「お腹立ちはごもっともなれど――。堀が混み合っておりまして、到着が遅れました。お叱《しか》りは後ほど承《うけたまわ》りますゆえ、まずは青山さまのお屋敷にご案内くださいませ」

雀は早口でまくし立てると、ちらりと顔を上げた。地味な顔立ちの女である。困ったように八の字にした眉《まゆ》が、丈之介の頭に上った血を一気に下げた。

この女はおそらく太夫の妹女郎で、いつも気位の高い太夫の尻拭《しりぬぐ》いをしているのだろう――。そう思って気の毒になったのである。

「左様であるな」

丈之介は咳払《せきばら》いをしてそう言うと、先に立って歩き出した。雀がそのすぐ後ろにつき、さりげなく丈之介と太夫との間を空けた。姉女郎が余計な一言を口にしたならすぐに対応するためであろうと思われた。

　なかなか気がつく女郎だ——。

　女郎にしては艶《なま》めかしさが無く、まるで田舎《いなか》から買われて来たばかりのおぼこ娘のようだと丈之介は思った。

「名はなんと申す？」

　丈之介は前を向いたまま訊《き》く。

「五位鷺太夫でございます」

　後ろで雀の声が答えた。

「太夫の名ではない。お前の名だ」

「雀と申します」

「五位鷺に仕える雀か——」丈之介はくすっと笑った。

「五位鷺を源氏名《げんじな》につけたのは、醍醐《だいご》天皇が鷺に五位の位を授けたように、五位の位を賜《たまわ》るほどの美女ということでか？」

「そう聞いております」

「雀の名は？」

「太夫の妹女郎になった時につけていただきました」

「太夫にか？」丈之介は驚いてちらりと後ろを向く。

「美しい小鳥は数々あろうに、わざわざ雀と？」

「はい」雀は再び眉を八の字にして悲しそうに笑う。

「その名があたしには相応《ふさわ》しかろうと」

「うむ……」

と言った丈之介は、このままでは命名の理由を『もっともである』と認めたことになると思い、慌《あわ》てて、

「それは気の毒だ」

とつけ加えた。

雀はぽっと頬《ほお》を赤らめて微笑《ほほえ》んだ。

一行は、青山伯耆《ほうき》の屋敷を回り込んで進み、道三河岸から続く堀の大橋を渡った。

正面が酒井雅楽頭《さかいうたのかみ》の屋敷で、左隣が青山播磨守忠成《はりまのかみただなり》の屋敷であった。

二軒の大きな屋敷の間の道を進んで、大手土橋側の門から青山屋敷に入った。

扇屋の女郎一行が通されたのは、奥まった二十畳ほどの座敷であった。

「ここでしばらく待っておれ」

言うと、丈之介は入り口近くに腰を下ろした。

太夫や格子は優雅な身ごなしで上座に座る。お付きの妹女郎たちは下座に腰を下ろした。

雀は丈之介の近くに膝《ひざ》を突いて、

「太夫らの用事はわたしたちがいたしますので――」

と言って戸惑ったように言葉を切った。

「戸塚だ。戸塚丈之介」

「戸塚さまは、寄合にお戻りになってくださいませ」

「寄合には同役がついておる」

御出座御帳掛同心は定員が二人。もう一人は丈之介より五歳年上の西崎次郎右衛門《にしざきじろうえもん》であった。

「今回はお前たちのお守りを仰《おお》せつかった」

丈之介は〝今回は〟という言葉を強調して言った。

「それは、お気の毒でございました」

雀はくすっと笑った。

からかうなと叱ってやろうと雀の方に顔を向けた丈之介は、その笑顔を見た瞬間、自分の見栄っ張りがおかしくなって、つられたように笑みを漏《も》らした。

そして、重要な用件を思い出した。

「そうだ、そうだ。五位鷺に腹を立てて、すっかり忘れていた」

「なんでございます？」

雀が問うと、丈之介は素早く周囲に視線を巡《めぐ》らせた。女郎たちはお喋《しゃべ》りを始めていて、こちらに注意を向けている者はない。五位鷺も、話しかけてきた格子《こうし》の相手をしている。

丈之介は肯《うなず》いて、小声で言った。

「土屋さまが、昼餉《ひるげ》の折りに、辻斬《つじぎ》りのことを訊《たず》ねて欲しいと仰せられた」

「土屋さま――。南組のお奉行の土屋さまでございますか？」

「そうだ。給仕をしている最中に、『近頃《ちかごろ》、辻斬りが横行しておりますが、なんとかならぬものでしょうか』と言うて欲しい。できるか？」

丈之介の問いに、雀の目が鋭く光った。しかし丈之介は気をとめもしない。

雀はすぐに強く首を振った。

「わたしなどがそんな出過ぎた事を言えば、姉女郎に叱られます」

「そうか……。では、誰《だれ》ならよい？」

「そういうことを堂々と言えるのは――」雀はちらりと五位鷺を見る。

「太夫でございましょうね」

「うむ……」丈之介は渋面を作る。

「あの女に頼み事をするのは気が進まぬ」

「後からわたしが上手《うま》く伝えておきましょう」雀はにっこりと笑う。

「辻斬りと仰せられますと、相模屋《さがみや》さんの件で？」

「ああ、あれは望月《もちづき》が追うておる」

「南組奉行所定廻《じょうまわ》り同心の望月辰之新《たつのしん》さまでございますね」

「知っているのか？」

丈之介は驚いた顔をする。

「ご本人ではなく十軒店《じっけんだな》の長兵衛《ちょうべえ》親分にお世話になっております」

「ああ――」丈之介はなにか思い出したように肯いた。

「相模屋のことを嗅《か》ぎ回っている女郎とはお前のことであったか」

「はい――。相模屋さんの件ではないとすると、御奉行さまは辻斬りに襲われて姿を消した大工のことをお気にかけておいでで？」

「大工の件も知っていたか」

「下々は辻斬りのことにぴりぴりしておりますから、すぐに聞こえてまいります――。

でも、お奉行さまは、なぜ辻斬りの件を問うようになどお命じになるのでしょう？」

「さてな。お奉行の考えることはよく判らぬが――。突飛なことをなさると思っていると、事が進んだ後にその意味が分かるということがしょっちゅうだ」

「わざわざ評定寄合の時に、女郎に言わせるということは、ご自分から言い出すのが憚《はばか》られるということでございますね――」

雀は人差し指を顎に当てて考え込む。

「まぁ、そういうことであろうな」

「ご自分から言い出すのが憚られるということは、寄合衆の皆さまの中に、お奉行が警戒しなければならないお方がいるということでございましょうか――」

「ああ、なるほど。そういうこともあるかもしれぬ。お前は賢いな」

丈之介は感心したように雀を見た。

「いえ――」雀は照れた表情を浮かべたが、すぐに真顔に戻って訊いた。

「なにか心当たりがおありですか？」

「うむ――。お大名、旗本の方々も、なかなか気苦労が絶えぬご身分でな。このお屋敷の青山さまも少し前まで蟄居《ちっきょ》の身の上であらせられた」

「蟄居――。お上《かみ》のお叱りを？」

「ああ。今年の正月に、大御所さまが鷹狩《たかが》りにお出かけになった時、御狩場《おかりば》に猟師の罠《わな》が仕掛けられていた」

「御狩場へは猟師は立ち入ることができぬのでは？」

「そうだ。ところが、青山さまと、内藤修理亮《ないとうしゆりのすけ》さまがそれを許可したのだという」

青山忠成、内藤修理亮清成《きよなり》は共に年寄衆である。年寄衆とは老中のことであるが、その呼称が用いられるようになるのは、三代将軍家光《いえみつ》の時代からと言われる。

「それでお叱りを……」

「本多佐渡守《ほんださどのかみ》さまのおとりなしで切腹は免《まぬが》れたが、お二人とも蟄居となった。青山さまにはすぐにお許しが出たが内藤さまは蟄居のままだ」

本多佐渡守正信《まさのぶ》も年寄衆の一人である。

そこで丈之介は言葉を切ってもう一度周囲を見回す。

雀は、もっと話を聞きたい様子で、

「大丈夫でございますよ。何人かこちらをちらちら見ていた者はいましたが、皆、戸塚さまがあたしを口説いていると思っているようでございます」

と言いくすっと笑った。

丈之介は一瞬顔を強張《こわば》らせたが、照れたような笑みを浮かべて、「左様か」と言った。そして、さらに声を低めて続けた。

「これは本多さまが、青山さま、内藤さまを追い落とすために仕組んだことだという噂《うわさ》もある」

「まぁ」

雀は目を丸くした。

「年寄衆は本多佐渡守さまの派閥と大久保《おおくぼ》石見守《いわみのかみ》さまの派閥に分かれていて、なんとか相手を潰《つぶ》そうと画策しているという噂も聞く。お大名、旗本の皆さまは我らにとっても雲の上のお方だが、権謀術数《けんぼうじゅつすう》の渦巻く場所に御座《おわ》す」

「寄合衆の皆様の中に、お奉行さまの敵がいるということでございますか？」

「寄合衆の面々は、邪魔者となれば、色々な手を使って相手を追い落とす方々ばかり。お奉行は変わったお方だから、方々の機嫌を損なう種は山ほどある」

「あるいは、辻斬りに関してなにかご存じの方がいらっしゃるのかもしれませんね――」

雀がそう言った時である。

「雀！」

苛々《いらいら》とした五位鷺の声が飛んできた。

「はいっ！」

　雀は振り返る。

　五位鷺は怖い顔で雀を睨《にら》んでいた。

「喉《のど》が渇いた。茶を所望すると奥へ伝えて来なはれ」

「それはわたしの役目だ」

　むっとした顔で丈之介が立ち上がった。

　その様子に女郎たちが口元を隠して笑った。

＊　　＊

　丈之介が座敷を出ると、雀は五位鷺の前に歩み寄った。

「南組奉行の土屋さまからの密命でございます。給仕の時に、『近頃、辻斬りが横行しておりますが、なんとかならぬものでしょうか』と訊いて欲しいと」

「密命か――」五位鷺はにやりと笑った。

「早速、上手い方に転がり始めたな」

「さて、それはどうでしょう。お奉行さまは、相模屋さんのことではなく、消えた大工のことを気にして御座すご様子です」

「相模屋の件でも大工の件でも、どちらでも構わへん。給仕の時に話をするきっかけができたんや。奉行が問えと言うておるんやから、話しかけても『女郎が無駄口を叩《たた》くな』と咎《とが》められることはない」

「ああ、なるほど」

「それに、十軒店の長兵衛の口からお前が動いていることは奉行所にも知られているやろ」

「ご明察。戸塚さまはご存じでした」

「ならば、調べている相模屋殺しについて推当《おしあて》を披露しても驚きは少ない。話が消えた大工の件になるのなら、今日初めて聞いたことを元にして推当してみせれば、お歴々の関心を引くことができるってもんや」

「あの――」雀は気になっていたことを口にする。

「本当に、寄合衆の皆さまに注目されて、上客を増やそうということだけが、お茶汲《ちゃく》みに名乗りを上げた目的でございますか？」

雀の問いに、五位鷺は少しの間口を閉じたままだった。

雀には本当のことを言おうか言うまいか逡巡《しゅんじゅん》しているかのように見えた。

「なぁ、雀」五位鷺は雀に顔を近づけて小声で言った。

「女は生まれてきた瞬間から男より下と決まっている。太夫は歌舞音曲に秀で、和歌、漢詩を詠《よ》み、万巻の書物に通じているが、身分は女郎や。珍しい芸をする猿回しの猿と同じ。力で他人をねじ伏せ、多くの人々を惨殺《ざんさつ》して国を手に入れる、そんな野蛮《やばん》な男どもを、『大名でございい』、『侍でございい』とふんぞり返る男どもを、ここをつかってへこませる——。面白いと思わへんか?」

五位鷺は自分のこめかみと雀のこめかみを人差し指でつついた。

口には出さないが、そんじょそこらの男どもよりはずっと頭がいいと密《ひそ》かに自負している雀である。五位鷺の言葉は強く心に響いた。

「はい」

雀は真剣な顔で肯いたが——。

『五位鷺は強烈なことを言って本心を隠した』そう感じていた。

二

やがて広間に膳《ぜん》が用意されたが、雀はその数に驚いた。八人分である。これではほとんどの寄合衆が集まっていることになる。

柳町の紀ノ屋《きや》と太田屋《おおたや》の訴訟だけならば、二、三人ですむはずである。まさか、名にし負う五位鷺太夫が来ると知ってということもあるまい。おそらくなにか重要な事柄も話し合われていたのだろうと雀は思った。

料理も女郎も、その代金は柳町がもつことになる。さぞかし町役《ちょうやく》や紀ノ屋、太田屋は、頭を痛めていることだろう――。

午《うま》の刻（正午）を少し過ぎた頃、評定寄合は休憩となり、年寄や奉行たち寄合衆がぞろぞろと昼餉の膳を置いた広間に移動した。

実のところ――、今日は町方からの訴訟もあり、接待で扇屋の五位鷺太夫が給仕に来ているというので、皆そわそわしていたのだが、いずれも仏頂面である。目ばかりがちらちらと太夫や格子の方へ動く。

「おお。これはまた、今日は綺麗《きれい》どころが揃《そろ》っておりますな」

渋い面相を作っている寄合衆たちの中で唯一相好を崩したのは南組奉行の土屋重成であった。この年数え四十三歳。細面で鋭い目つきをした男であったが、鼻の下が伸びている。

屋敷の主《あるじ》、青山忠成が咳払いをする。

「これは失礼つかまつりました」

土屋はしまったというような顔をして席に着いた。

五位鷺がにっこりと微笑《ほほえ》み、並み居る年寄を無視して土屋の前に座り、銚釐《ちろり》を手に取った。

「扇屋の五位鷺でございます。お見知り置きを」

「いやいや」土屋は年寄衆を見回して首を振る。

「わたしのような下っ端の酌は一番最後だ」

「女《おなご》は褒《ほ》めてくれる男衆が好きでござりんす」

五位鷺は科《しな》を作って土屋の杯《さかずき》に酒を注《つ》いだ。年寄や他の奉行たちの顔がますます渋くなった。

土屋は「いやぁ、申しわけございませんなぁ」と一同を見回しながら酌を受けた。

格子らがそれぞれの席を回って酌を始める。寄合衆らは杯を干しながら料理を摘《つま》む。

丈之介は背筋を伸ばし、表情を消して廊下に控えている。

雀は気の毒にと思いながら、年寄らの杯に酒を注いで回った。

五位鷺が二度目の酌に土屋の前に座った。

「お奉行さま。わっちのご贔屓《ひいき》が、『辻斬《つじぎ》り、辻強盗が怖《こわ》ぁてなかなか通われへん』

と仰せられますのや。なんとかあんじょうでけしまへんのやろか」

五位鷺が、少し声を張って言った。

それは広間に響いて、お歴々がさっと視線を向けた。事情を知らない女郎たちは、五位鷺が余計なことを言い出したと顔を強張らせる。

太夫とはいえ女郎である。女郎が奉行に直訴をした。五位鷺はお叱りを受け、自分たちにもとばっちりがあるのではないか——。

女郎たちは一瞬で損得勘定をし、どう身を処すかを考え始める。

寄合衆たちは、土屋が怒り出すだろうことを予想し、『酒がまずくなるわい』と思って、視線を逸《そ》らした。

広間の空気がぴんと張りつめた。

静寂の中に、土屋の声が響く。

「うむ。辻斬りの件では町の者には怖い思いをさせてすまぬと思うておる。市中の見廻を増やしておるが、ついこの間、いま少しという所で取り逃がした。返す返すも残念であった」

土屋の目がほかの寄合衆らの顔を見回す。

「それは情けないことで」

五位鷺は辛辣《しんらつ》に言う。

離れた所で酌をしていた雀はどきりとした。

しかし土屋は怒った様子もなく、

「そう言うな。手掛かりがないではない」

土屋の言葉を聞いて、雀は寄合衆の様子を窺《うかが》う。

表情が動いたのは、二人。六、七十ほどの老人である。雀はその名を知らなかったが、一人は先ほど丈之介の話に出てきた、内藤清成と青山忠成の二人を陥《おとし》れたという噂のある本多正信。そして、大久保長安《ながやす》である。

長安の父は武田《たけだ》信玄《しんげん》お抱えの猿楽師《さるがくし》であった。長安は信玄に仕えたが、武田家の滅亡後、家康の家臣となった。所務《しよむ》奉行、伊豆《いず》奉行などを歴任し、〈天下の総代官〉と呼ばれる老人であった。寄合衆の大久保忠隣《ただちか》と手を結び、本多正信の派閥と権力争いをしていた。

五位鷺もまた、寄合衆の様子を窺った。口を開くなら長安か正信であろうと考えたが、二人とも黙々と杯を口に運ぶばかり。

「どんな手掛かりでござりんしょう？」

五位鷺は訊いた。

「うむ。鍛冶町《かじちょう》と鍋町《なべちょう》の辻で七、八人の辻強盗に大工が襲われた。南組奉行所の手下《てか》がそれを見つけて捕り方を呼び寄せたが、逃げられた」

「大工は殺されたので？」

「いや。大工も逃げた。壊れた道具箱をそのままにな。血のついた鑿《のみ》が落ちていたから、抵抗はしたのだろう」

「辻斬りの正体はともかく、道具箱が残っていたのならば、大工の名前は分かったのではござりんせんか？」

「ほほう。なぜそう思う？」

土屋は目を見開く。

「大切な道具箱や道具には、名前が書いてあるものでござりんす――。鍛冶町と鍋町の辻で襲われた大工というのであれば、住まいは大工町《だいくちょう》ではござりんせんか？　大工町は鍋町の隣の鍛冶町の西でござりんす」

「ご明察だ」土屋は面白そうに言った。

「確かに道具箱の名前で身元は分かった。大工町の長屋に住む晋兵衛《しんべえ》という男であった」

「ところが、晋兵衛は長屋に戻っていない――。ではござりんせんか？」

「当たった、当たった」

土屋は手を叩く。寄合衆は無関心を装いながら、箸《はし》を動かし杯を口に運んでいたが、耳は土屋と五位鷺のやり取りに集中している様子であった。

「おそらく、晋兵衛はよほど怖かったんでござりんしょうね。友の家にでも転がり込んでいるのでござりんしょう」

五位鷺の言葉を聞いて、雀がその横に歩み寄る。そして身を寄せて座ると、その耳に囁《ささや》いた。

「別の推当の方が筋が通ります」

雀が言うと五位鷺は怖い顔をして見返した。そして土屋に「しばし失礼を」と言うと、雀を引っ張って廊下に出た。

そこに控えていた戸塚が怪訝《けげん》な顔で二人を見るので、五位鷺は雀と共に隣の座敷に入る。

「姉女郎に恥をかかせるんやないで」襖《ふすま》の陰で、五位鷺は雀の胸ぐらを摑《つか》んだ。

「別の推当があるんなら言うてみい」

「はい……。実は、十軒店の親分さんに大工が反撃した話は聞いておりまして――」

「わっちは聞いておらへんで」

五位鷺はぐいと雀を引き寄せる。

「申しわけございません。相模屋さんの件とは関係ないと思いましたから、省きました」

「うーむ。それで？」

「親分さんから話を聞いてからすこし推当てていたんでございますが――。七、八人の辻強盗に囲まれて、鑿一本で戦い、相手に手傷を負わせたというのであれば、その大工、相当の使い手でございます。この一件、ただの辻強盗ではございません。土屋さまがわざわざ辻強盗の話を振らせたのも、そうお考えになっているからだと思います。たとえば、奉行所の手の者が、大工の格好でなにかの内偵《ないてい》をしていたとしましょう。その者の正体が知れて襲われたとすれば――」

「ふむ……。この一件に関《かか》わる者が、寄合衆の中にいるから、わっちらを利用したのだとは思っていたが――。そうだとすれば確かに、お前の推当の方が筋が通る」

「でございましょう？」

雀は少し自慢げな顔になる。

五位鷺はむっとした顔になって雀の鼻の頭を指で弾《はじ》いた。

「痛っ」

雀は鼻を押さえる。

「調子に乗るんやないで。これからは、何か思いついたらわっちを脇に呼んでから話すんや。それから聞き込んできたことは、漏らさずわっちに知らせること。ええな」

五位鷺の言葉に、雀は痛さに滲《にじ》んだ涙を拭《ぬぐ》いながら肯いた。

「分かればええ」

五位鷺は小袖の裾《すそ》を翻《ひるがえ》し、座敷に戻る。

「失礼いたしんした」

「どうした？」

土屋は年寄の給仕に戻る雀の背中を見ながら言う。

「益体《やくたい》もない推当を申すもので、叱りつけやんした」五位鷺はけろっとした顔で言う。

「雀を叱りながら考えたのでござりんすが――」

五位鷺は雀の推当を、そっくり自分の推当として語った。もちろん、寄合衆の中にこの件に関わっている者がいるかもしれないという部分は省いた。

「見事見事。大工は奉行所の手の者ではないが、相当な使い手であることは確か。見事な推当だ。わたしもただの辻強盗ではないと考えておった」

「なにかを目論《もくろ》む二派が、江戸の闇《やみ》の中でぶつかった――。なにやらぞくぞくいたしますなぁ」

「お前、面白いな」土屋は満足げな笑みを浮かべて五位鷺を見た。

「では、この謎《なぞ》は解けるか？」

土屋は身を乗り出した。

「五位鷺に解けぬ謎はござりんせん。お話し下しゃんせ」

五位鷺はぽんと胸を叩いた。

「五日ほど前に、一石橋から男が落ちた——」

土屋の話に、雀ははっとした。

相模屋殺しの一件である。長兵衛には金を渡してあるから、お茶汲みの時に寄合衆と話を合わせるためだということは黙っていてくれているだろうが——、土屋は望月辰之新か十軒店の長兵衛から雀が動いていることを聞いているはずだ。

それをまるで知らない顔をしながら話を振ったのはなぜだ？

「荷船の船頭がすぐに引き上げると、男はすでに事切れていて、腹に刃物で一突きした傷があった。橋の北詰に屋台を出していた饂飩《うどん》屋の末吉《すえきち》という男が歩いてきて川に落ちるまでの一部始終を見ていた。『辻斬りだ。助けてくれ』という声を聞いているから辻斬りであろう——」

「ああ、その話ならば存じておりやんす。辻斬りにやられたのは大伝馬町《おおでんまちよう》の呉服屋相模屋　久右衛門《きゆうえもん》さま。扇屋が贔屓にしていたお店《たな》でございます」

「左様であったか。さぞかし無念であろう」

「はい」言うと五位鷺はじっと土屋の目を覗《のぞ》き込みながら言った。

「その件についてなにかお分かりでございましたなら、教えてくれはりませんか」

雀は息を飲んで五位鷺と土屋を見つめる。

土屋は、五位鷺がわざと知らないふりをしているのを分かっているはずだ。どう返答するつもりなのか――。

「よかろう。で、どこまで知っておる？」

「今の話以外には」

「そうか。聞こえていない話もあるようだな」

「と仰せられますと？」

「末吉は男を刺した者の姿を見ていない。酔っぱらいが川に落ちたように見えたと申しておる」

「姿無き人殺しってことでござりんすね」

「いかにも」

「辻斬りが黒装束であれば、闇に紛れて姿は見えないのではござりんせんか？」

「黒装束のう。黒装束の多くは、江戸に流れてきた浪人やならず者。わざわざ黒装束を着るものであろうかのう」

「あるいは槍《やり》の試し刺しか」

「なるほど。離れた所から槍で刺せば、末吉には姿は見えぬか――」

と土屋が言った時である。

大久保長安が苛《いら》ついた声を上げた。

「土屋どの。そろそろ評定を始めるぞ」

「これは失礼いたしました」

土屋は、評定寄合の座敷に戻っていく寄合衆たちを横目に、膳に残った料理を慌てて平らげる。そして、五位鷺に、

「あまりしつこくすると、お歴々に嫌《いや》がられる。あと一、二回息抜きでこっちの座敷に来るが、この話はこれで終わりだ」

と言った。

「承知いたしんした」

五位鷺は肯いた。

「それにしても、お前は芝居が上手いな。相模屋についてはもっと推当を進めておろう？」

「はい」

「後から扇屋へ使いを出す。お前とあの女郎の推当を聞かせてくれ」

土屋は立ち上がり、急いで寄合衆の後を追った。

座敷の女郎たちがほっと大きな溜息《ためいき》をついた。五位鷺が余計なことをしでかしたが、なんとか無事に収まった——。

戸塚が座敷に入ってきて雀の横に座る。

「お前たち、なにを企んでいる？」

厳しい目で雀と五位鷺を見た。

「寄合衆の皆さまに扇屋に来てもらおう思うてな」五位鷺がぞんざいな口調で言う。

「推当をする太夫は珍しいよって、誰か釣《つ》れるやろう思うたら、お奉行さまが釣れよった」

「おのれ……」

戸塚は五位鷺に駆け寄る。

座敷の空気が緊張する。女郎たちは凍りついたように戸塚と五位鷺を見た。

雀は慌てて戸塚の側に寄る。

「言葉の使い方を知らぬか！」

戸塚は前差の柄《つか》を握った。

女郎たちは小さな悲鳴を上げる。

「お待ちくださいませ」雀が戸塚の腕を掴む。

「ここは青山さまのお屋敷。戸塚さまが前差を抜けば、土屋さまが困ったことになりましょう」

「うむ……」

戸塚は五位鷺を睨みつけながらも、柄から手を離した。

「言葉の使い方は十分承知しとるがな。わっちの客になれぬ男に丁寧な言葉を使う必要はあらへん」

五位鷺は口元に冷笑を浮かべて戸塚を見る。

「女郎の分際で、無礼な」

戸塚は唸《うな》るような声を出す。

「ふん。その女郎はお手前よりもずっと稼ぎがいい。それにずっと頭もいい。もしかすると、剣術の腕前もお手前より上かもしれへんで——。いいか、わっちは侍だから、商人だから百姓だからと分け隔てをせぇへん。だが、相手が分け隔てをする奴なら別や。お手前が女だとか女郎だとかで人を見るのを止《や》めれば、それなりの扱いをしてやるで」

五位鷺の言葉を聞き、雀は『それはどうだろう――』と思った。おそらく戸塚が分け隔てを止めたとしても、五位鷺の言葉は変わらない。五位鷺は『自分とそれ以外』という捉《とら》え方しかしない。自分以外はすべて下なのだ。

だいいち、分け隔てをしないと言いながら、『自分の客になれない男には丁寧な言葉遣いをしない』と分け隔てしているではないか。

雀は、戸塚がその辺りを突いて反撃するかと期待した。しかし若い同心は顔を真っ赤にして唸るだけである。

＊　　＊

何回かの休憩を挟み、評定は夕刻に終わった。

土屋はその言葉通り、広間に来て茶を喫《きっ》している時も辻斬りの件は口にしなかった。

茜色《あかねいろ》の空の下、扇屋の女郎たちは不機嫌そうな戸塚に見送られ舟に乗って帰路に就いた。

三

亥《い》の刻《こく》（午後一〇時頃）。鍛冶町と鍋町の辻を、一人の男が歩いていた。四十絡《がら》みの細身の男――。数日前にこの辻で浪人者たちに襲われた男である。今夜のいでたちは小袖に四幅《よの》の括《くく》り袴《ばかま》で、脹《ふく》ら脛《はぎ》のあたりで紐《ひも》を縛っている。

「我らを誘うておるようだな」

背後から声がして、男は足を止めた。

振り返ると、八人の浪人が駆け寄せて、男を囲んだ。

「そうと知って出てくるとはいい度胸だぜ」

男は八人の顔を見回す。

「おぬし、何者だ？」

浪人の一人が訊いた。

「おんなじことを訊きたくてな」男はにやりと笑う。

「この辺りをうろついていたのよ。誰からでもいい、かかってきな」

男は身構える。

八人の浪人は刀を抜いた。

左の一人が打刀を大上段に差し上げると、男に斬りかかる。

男はその男に向かって走り、間合いを詰める。

背後に殺気。別の浪人が後ろから斬りかかろうとしている。

そう気づいたが、男はそのまま左の男の懐に飛び込んだ。素早く襟と腕を掴み、くるりと向きを変えると浪人を背中に乗せて投げ飛ばした。

背後から斬りかかって来た浪人がさっと身をかわす。投げられた浪人は地面に背中から落ちて呻《うめ》き声を上げた。

男は投げた浪人から打刀を奪い取っていた。中段に構えて次の攻撃に備える。

刀を手にした男を警戒して、浪人たちはさっと間合いを開ける。

「なんでぇ。こっちが得物《えもの》を持った途端、怖《お》じ気《け》づきやがって」男は鼻で笑った。

「弱ぇ大工や町の者たちしか斬れねぇか？　見れば構えだけはしっかりしてやがるようだが――。お前ぇたち、浪人のなりをしてるが、ちゃんとした侍じゃねぇのか？」

男が言うと、浪人たちはちらりと互いの顔を見た。

「図星のようだな」

と男が言った時である。

闇の中から黒装束に黒覆面の五人の男たちが駆け出して来た。

「新手が現れやがったな」

男は身を低くして打刀を逆手に握り直し、顔の前で構える。

黒装束たちの手から手裏剣が放たれた。

四人の浪人たちの腕に棒手裏剣が突き立つ。

男は顔を目がけて飛んできた手裏剣を打刀で弾いた。

手裏剣で牽制《けんせい》した黒装束たちは、腰の後ろに差した打刀を抜いて、浪人たちに斬りかかった。

黒装束の一人は男に駆け寄り、鋭く刀を横薙《よこな》ぎにした。

男は跳びさがって一撃を避《よ》け、黒装束が体勢を整える前に間合いを詰める。

斜めに斬り上げた刃を、黒装束の刀が受ける。闇の中に火花が散り、二人はさっと間合いを開ける。

周囲では四人の黒装束が八人の浪人相手に刀を斬り結んでいる。浪人たちは四人が手傷を負っているので劣勢である。

「浪人どもの味方じゃねぇようだが」男は刃を閃《ひらめ》かせ、黒装束に斬りかかる。

「お前ぇたち、どこの透波《すっぱ》でぇ？」

返事はない。黒装束は、縦横に刃を振り回し、男を追いつめる。

「浪人らが前に言っていた西方の透波か？」

男が訊いた時、呼子《よぶこ》が鳴った。

黒装束ははっとして音の方向を見た。

その隙《すき》を突いて、男は黒装束に駆け寄る。

後ずさって逃げようとした黒装束の首筋に、刀の峰を打ち下ろした。

黒装束は膝から崩《くず》れ落ちる。

鳴り続ける呼子の音に、浪人は刀を収めて四方に散った。黒装束たちは男の足元に倒れる仲間を気にしながらも闇の中に駆け去った。

大勢の足音が響き、十数張《はり》の捕り方の提灯《ちょうちん》が左右から迫って来る。提灯は二、三人に一張のようで、捕り方の人数は三十人を超えていた。

小袖に裁付袴《たつつけばかま》の同心が、兜割《かぶとわり》を手に男の前に立った。兜割とは、十手のような鈎《かぎ》がついた小刀である。刀の格好はしているが刃は研がれておらず、罪人を殺さずに捕らえる道具であった。刃はないがその名の通り打撃の力は強く、打てば相手の骨を砕くほどの武器であった。

同心は若く、月代を綺麗に剃り、二つ折りの髷を結った、きりりとした眉のなかなかのいい男であった。その後ろに駆けつけたのは、十軒店の長兵衛。

若い同心は、長兵衛を雇う望月辰之新。この年二十五歳。南組奉行所定廻りであった。

「なにごとだ?」

辰之新は兜割を男に突きつけて訊いた。

「見たとおりだよ」

男は打刀を地面に投げ捨てて、足元に倒れている黒装束を顎で示した。

「ほかの連中は逃げちまったがな。浪人が八人。黒装束がこいつを入れて五人。最初に浪人がおれに斬りかかった。次に黒装束が現れて混戦になった」

「周囲を探れ!」

辰之新は捕り方たちに命じた。

捕り方たちはさっと散って浪人と黒装束の足跡を追った。

「それで、お前《め》ぇは何者でぇ?」

長兵衛が訊く。

「いつぞやの晩に、ここで辻斬りに襲われた大工だ」

男の答えに、辰之新と長兵衛は眉根を寄せた。

「襲われた大工が、なぜわざわざこの辻を歩いていた？」

辰之新が訊く。

「いろいろと理由《わけ》ありでな」

男は黒装束の脇にしゃがみ込み、黒覆面を外した。口元がおびただしい血で汚れていた。

「舌を噛《か》みきりやがったか」

男は舌打ちして覆面を死人の顔に叩きつけると立ち上がった。

「おれを土屋権左衛門の所へ連れて行け」

「お奉行の所へ？」

「理由ありだと言ったろう。その理由を話してやろうってんだ。もうおれがただの大工じゃねぇってことは分かってるだろう？」

「分かった」

辰之新は兜割を腰に差した鞘《さや》に戻した。柄も鞘も朱塗りの派手な仕上げであった。

「長兵衛。お前はここに残って捕り方たちの報告を受けろ」

「ならばいましめを」

長兵衛が腰の後ろから束ねた細引きを取る。

「無用だ」

辰之新は首を振った。

「しかし……」

「この男はお奉行になにか話したいことがあるという。だったらお屋敷まで大人しくしていよう。それに、縛られておれば、万が一手裏剣が飛んできた時に、避けづらいであろう」

辰之新は地面に転がる棒手裏剣を差した。

長兵衛はやっとそれに気づいたようで、ぎょっとした顔で手裏剣を見た。

「もし、妙な動きをしたら、問答無用で斬り捨てる。そのつもりでおれ」

辰之新は言うと、男を促して歩き出した。

四

土屋は気配に気づいて目覚めた。

外堀の内、馬場先堀近くに建つ土屋の私邸の寝所である。当時は奉行の私邸がそのまま奉行所として使われていた。独立した役所となるのは寛永《かんえい》八年（一六三一）のことである。

遠くから材木や石材を曳く、人足たちのかけ声が聞こえていた。

土屋は、

「望月か？」

と障子の向こうに声をかけた。

「はい――。逃げていた大工がお奉行にお話ししたいと申しますので連れて参りました」

「それは面白い。書院に通してしばし待て」

土屋は急いで夜具を出ると小袖に着替えて襖を開けた。

燈台《とうだい》が照らす書院に、辰之新と見知らぬ男が座っていた。

「そこもとが逃げた大工か？」

土屋はにこにこと笑いながら男の前に座り、その顔を覗き込んだ。

「そうだ」

男は答える。

「鍛冶町と鍋町の辻で浪人たちと黒装束の男らに囲まれておりました」

辰之新が言う。

「ほぉ。浪人ばらを誘き出したか。ますます面白い。それで、浪人ばらと黒装束の正体は分かったか？」

土屋は男に訊く。

「浪人らの正体を確かめようとしたのだが、黒装束が邪魔に入った。では黒装束の正体をと思い、一人捕らえたが、自害された」

「ふむ。詰めが甘かったということだな」

土屋は笑顔のまま言った。

男はむっとした顔になる。

「それで、そこもとは何者だ？」

「大工町の長屋に住まいする大工の晋兵衛《しんべえ》」

「偽名を名乗られてものう。今日の寄合で、辻斬りから逃げた大工の話と、相模屋を殺《あや》めた辻斬りの話が出た。それからもう一つ――」

土屋は言葉を切って男の顔を見る。顔には笑みが浮かんでいるが、目は笑っていなかった。

「もう一つはなんだ？」

男が訊く。

「西方の透波の件だ」

「ほぉ。その言葉を聞くのは二度目だ」

男は面白そうに言った。

「二度目？」

「こっちの話だ——。おれは透波ではない。逃げた大工だ」

「なるほど。それで、お前は何者だ？」

「道具箱に名前があったろう」

「だから偽名を名乗られても意味はない。やはり、西の透波ではないのか？」

男は土屋の質問には答えず問いを返す。

「透波は何人入り込んだ？」

「少なくとも百人」

「それで寄合では西方の透波についてどんな話になった？」

「まぁ、合間に柳町の土地争いも裁いたが、そっちは適当に済ませた。西方の透波が潜《もぐ》り込んでいるならば一大事と、寄合衆のほとんどが雁首揃《がんくびそろ》えてああでもない、こうでもないと愚にもつかぬ話し合いをした」土屋の顔が渋くなる。

「どうせ、市中の警備を厳重にせよと、当たり前の結論に落ち着き、町奉行が忙しくなるのだと思い、わたしは黙って聞いていた」

「で、そうなったか？」

「そうなった。相次ぐ辻斬りに加えて今度は西方の透波探し。半端《はんぱ》ではない忙しさになる――。それで、そこもとを襲った黒装束の方は、西方の透波だと思うか？」

「うむ――。西方の透波だとすればおれを襲う意味が分からん」

「だとすれば、西方の透波以外にも、物騒な透波らが江戸に入り込んでいるということだな」

「そうなるな」

「ふむ」と言って土屋は話題を変えた。

「そこもとと浪人者たちのこと、ただの辻斬り事件とは思えなかった。同じ夜に起こった相模屋殺しもな。そこで休憩や食事の合間に給仕の女郎を使ってちょっと仕掛けてみた」

「仕掛けた？　寄合衆にか？」

「寄合衆の中には権謀術数の好きなお方が御座《おわ》すでな。またなにか仕掛けて御座すのではあるまいかとな。少々かまをかけてみたのだ。思いもしないことが起こると、人は素顔を垣間見《かいまみ》せるもの。女郎に頻発する辻斬りをなんとかならぬかと言わせて、寄合衆の顔色を窺った」

「それでどうだった？」

「よくは分からぬが、本多正信さまと大久保長安さまの表情が動いた。なにやら知っているような気配もあった――。まぁ、そのうち辻斬りを捕らえて口を割らせようと思っていたら、そこもとが飛び込んできた。なにか面白い話を聞かせてくれるために来たのであろう？」

「まぁ、そういうことだ。まず本当の名を名乗ろう。おれは、服部半蔵正就《はっとりはんぞうまさなり》」

「なに……」

土屋は目を見開いた。

服部半蔵正就は、三代目服部半蔵である。

初代半蔵保長《やすなが》は伊賀《いが》流忍者。二代目半蔵正成《まさなり》は、家康の家臣として姉川《あねがわ》の戦いや三方《み》ヶ原《かたはら》の戦いなどで奮戦し、織田信長《おだのぶなが》が本能寺《ほんのうじ》において討たれた直後、明智光秀《あけちみつひで》の追っ手を振りきった〈伊賀越え〉では見事に家康の命を守った。

そして三代目半蔵正就は――。

父の死後、八千石と伊賀同心二百人の支配役を継いだ。しかし、慢心して同心たちに私用を命じるなど自分の家臣同様に扱ったという。そのため慶長《けいちょう》十年（一六〇五年）、同心たちは四谷《よつや》の長善寺《ちょうぜんじ》に立て籠《こ》もり、半蔵の解任と自分たちの与力昇進を要求した。

この騒ぎのせいで半蔵は役を解かれた。それを恨みに思った半蔵は、首謀者十人の死罪を求めた。十人は逃亡したが、半蔵はそのうち二人を見つけ出し、斬殺《ざんさつ》。しかし、その二人はまったくの別人であったことから、半蔵の身は岳父《がくふ》である伏見《ふしみ》藩　松平定勝《まつだいらさだかつ》の元に預けられることになった。

「蟄居《ちっきょ》なされて御座すはずだが」

土屋は言った。

「屋敷には〝影〟を置いてきた。伊賀同心のすべてが謀叛《むほん》を起こしたわけではなかったのでな」

男――服部半蔵は言った。

「なんのために動き出した？　今までの流れから考えれば、逆恨みして城に火を放つつもりであろうかな」

「ふん。それもいいかもしれぬな」

半蔵は唇《くちびる》を歪《ゆが》めた。

「やるのか？」

「やらん」半蔵は即座に答えた。

「やるつもりなら、ここへは来ん――。汚名を雪《すす》ぐために来たのだ」

「伊賀同心らの謀叛も、人違いの殺しも仕組まれたと？」

「そういうことだ」

「なんのために？」

　土屋が言うと、半蔵は少し傷ついたような表情になった。

「おれが、石川五右衛門《いしかわごえもん》や風魔小太郎《ふうまこたろう》を捕縛したことを知らぬのか？　そういうおれが江戸にいれば都合が悪い者たちがいるのだ」

「うむ……」と土屋は肯く。

「伊賀同心支配でありながら、私用に使ったとか、人違いで伊奈《いな》殿の従者を斬り殺したとか、芳しくない間抜けな話ばかり聞こえておるが」

「だから濡《ぬ》れ衣《ぎぬ》だと言うておろう！」

　半蔵は声を荒らげた。

「それで、誰がそこもとに濡れ衣を着せたと？」

「誰かは分からぬ。伊奈殿の従者を斬ったとして捕まり、あとは牢屋《ろうや》の中だ。そしてすぐに伏見松平さまのお屋敷で蟄居。調べる暇などなかった。だが、おそらくは本多正信さまあたりの策略であろうよ」

「うむ。本多さまは策略がお好きだからのう。鷹狩り場の件もある――。大久保長安さま、大久保忠隣さまと本多さまは二派に分かれて権力争いを繰り返して御座す。その諍《いさか》いに巻き込まれたのかもしれぬな」

「おれが浪人たちに襲われた夜、相模屋が辻斬りに合《お》うたことは知っている。前と同じ、おれを辻斬りに仕立てる謀《はかりごと》であるやもしれぬ」

「しかし、そこもとが伏見松平さまの元から逃げ出したことは、誰も知らぬことではないのかな? だとすればそこもとの推当は外れであろう」

「うむ……。確かに。連中は、『半蔵か?』ではなく『西方の透波か』と訊いた」

「なるほど。わたしのほかに西方の透波かと訊いたのは浪人ばらであったか」

「本当に豊臣の透波が入り込んでいるのか?」

「先ほど言うたであろう。百人は入っておる。まぁ、すでに豊臣《とよとみ》は死《し》に体《たい》。必死に起死回生の手を考えておろうから、不思議はないな。今夜現れた黒装束がそうであろう」

「しかし、豊臣の透波がなぜおれと浪人者を襲ったのだろう――」

半蔵は顎を撫でる。

「捕らえた黒装束に死なれたのは残念であったな――。まぁ、そこもとの敵は浪人と黒装束の二派がいるということは確かだな」

「辻斬りの浪人者ばらが――」今まで黙って聞いていた辰之新が口を挟んだ。

「西方の透波について知っていたのはなかなか面白うございますな。巷《ちまた》ではまだ、豊臣の透波の噂は出ておりませぬ。つまり、知っているのは御公儀に関わる者ばかりでございます」

半蔵が「うむ」と肯く。

「ここしばらく、大工として普請場《ふしんば》に潜《もぐ》り込んでいるが、そういう話は聞かぬな。ということは、あの浪人ばらは、やはり公儀に繫《つな》がる何者かの息のかかった者たちか」

「浪人ばらは、そこもととは知らずに襲おうとした。そして手練《てだ》れであることに気づき、西方の透波だと思った。ふむ。面白い。ならば、そこもとを襲った連中は、最初、大工を斬るつもりで襲いかかったということだな」

「なにが言いたい？」

「公儀に繫がる者が、ただの大工を斬ろうとしていたのだ」

「――公儀に関わる者たちが、辻斬りをしているというのか？　なぜ？」

半蔵の眉間《みけん》に皺《しわ》が寄った。

「さて、なぜであろうな」土屋は言って、半蔵に顔を近づける。

「そこもとが謀によって濡れ衣を着せられたというのが本当であれば、また誰かが辻斬りによって陥れられようとしているのかもしれぬな。一つの手が上手く行けば、味を占めてそれを何度も繰り返すもの。そこもとを陥れた者と、浪人ばらを動かしている者、もしかすると同一人物であるやもしれぬ。汚名を雪ぎたいのであれば、それを調べればよかろう」

「調べぬはずがなかろう」半蔵は言った。

「手詰まりになったから、こういう手を使ったのだ。辻斬りの浪人者を一人手土産に貴殿に会う。そしておれが濡れ衣を着せられたことを話す。寄合衆の中でも大久保派、本多派に擦《す》り寄らず孤高を保っているという評判だ」

「ああ、その評判はあてにするな。どちらからも誘われないのは、両派ともわたしなど眼中にないだけだ――。そこもとが濡れ衣を着せられたことをわたしに言うてどうなる? 寄合の議題に取り上げてもらおうとでも思ったか?」

「まぁ、当たらずとも遠からず――。浪人ばらが、おれを探し回っている。長屋に戻ることもできず、普請場で仕事をするわけにもいかぬ。今は食い物を盗み、野宿をする暮らしだ。まずは、ちゃんとした飯を食い、草の茵《しとね》ではない夜具の上で寝たかった」

「透波の頭領だったくせに野宿が嫌いか」

　土屋は笑った。辰之新も忍び笑いをする。

「三代目ともなれば、贅沢《ぜいたく》も覚える」

「そこもとに同情する伊賀同心の元に転がり込むという手があろう。影を引き受けた配下がいるくらいだ。そこもとを匿《かくま》ってくれる者もおろう」

「同心屋敷、同心長屋の広さを知らんのか？　一人でも住人が増えればあっという間に気づかれる。ここならば空き部屋はたんとあろうし、美味《うま》い飯も食える」

「なるほど。うまい飯を食えるねぐらを見つけた後はどうするつもりだ？」

「貴殿を後ろ盾に、調べを続ける」

「わたしの手下になろうと？」

「手下という言葉は気に食わんが、まぁそういうことだ。貴殿も大久保派、本多派の弱みが知りたかろう？　おれを陥れたのがどちらの一派であるかは分からぬが、服部半蔵に濡れ衣を着せたことの証《あかし》があれば、大きな弱みだ。孤高を貫きたければ、相手の弱みを握り、牽制するのが上策。ついでに相模屋を殺した奴を探すのにも手を貸してやろう」

「そこもとは浪人者に狙われている。外に出るたびに襲われていては調べも進まない」

「おれが貴殿の配下になったことを寄合衆に知らせればいい」

「ほぉ」

土屋は面白そうに微笑む。

「いつぞやの夜に辻斬りに襲われた大工が奉行所に来た。驚いたことに透波くずれであった。その者を密偵《みってい》として雇ったと伝えるのだ。後ろに貴殿がいると知れば、浪人者らを飼っている者もおいそれと手を出せぬ」

武家が台頭する以前、都の治安は検非違使《けびいし》が守っていた。検非違使は、罪を許された元罪人を手下として雇っていた。それを放免《ほうめん》という。以来、治安を守る側は裏社会の事情に通じる元罪人を配下に置いてきた。いわゆる岡っ引き、下っ引きにもそういう前身をもつ者がいた。

まだ世の中が安定していないこの時代、透波くずれを密偵として雇うのはさして不自然なことではない。

「そううまくいくものか」辰之新が言った。

「証跡《しょうせき》を残さずに貴公を殺す手など山ほどもある」

「おれの腕を甘く見るな。石川五右衛門や風魔小太郎を捕縛したと言うたであろう。さきほどは一人であったから捕らえた黒装束に死なれたが、二人ばかり借りられれば、生かして証人を奉行所へ連れて来ることができる」

「武勇伝は眉につばをつけて聞くことにしている」

辰之新は冷たい笑みを半蔵に向けた。

「いけ好かない若造だ」

半蔵は舌打ちした。

「そこもとが服部半蔵と知れたならばどうする？」土屋が言う。

「伏見にいるはずのそこもとを配下にしたとなれば、わたしもただではすまぬぞ」

土屋は笑みを浮かべたまま、切腹の仕草をした。

「おれを陥れた者は、おれがどれほどのことを摑んでいるかを知らぬ。下手に手を出せば、墓穴を掘ると考えよう。しばらくの間は様子を見る」

「その間に決着をつけようと？」

「そういうことだ――。さて、どうする？　おれを雇うか、それともその若造に捕らえさせるか？」

「さてなぁ――」土屋は腕組みしてじっと半蔵を見つめた。

「まぁ、形勢が不利になればそこもとを縛り上げ、蟄居の沙汰《さた》を破って出奔《しゅっぽん》した服部半蔵を捕らえたと、お上に知らせればよい。のう望月」

土屋は半蔵に目を向けたまま言った。

「御意にございます」

辰之新は静かに答える。

「よし。雇おう」

土屋はぽんと膝を叩く。

「誰の手下にいたしますか？」

辰之新が訊いた。

「お前ではどうだ？」

「御免こうむります。調べに出るたびに浪人らに襲われては鬱陶《うっとう》しゅうございますれば」

辰之新は慇懃《いんぎん》に頭を下げた。

半蔵は鼻に皺を寄せたがなにも言わなかった。

「そうか。いい組み合わせだと思ったのだがな。まぁよい。おいおい考えることにいたそう——。望月、半蔵どのに座敷を用意してやれ」言って土屋は首を傾げた。

「同心の手下に『半蔵どの』はおかしいのう。これより半蔵と呼び捨ていたす。よいな」

土屋はにやりと笑う。

「構わねぇよ」

半蔵はしかめっ面で立ち上がる。

「半蔵。明日の朝、わたしの供をいたせ。今夜はもう遅いゆえ、屋敷の座敷を貸すが、明日からは敷地内の同心長屋へ移ってもらう」

「分かった」

半蔵は、辰之新と共に書院を出る。

「半蔵」辰之新が廊下を歩きながら振り返った。

「いい同心の下につければよいな」

「お前みてぇな奴じゃねぇことを祈るぜ」

半蔵は江戸詞《えどことば》に戻り、辰之新に毒づいた。

五

青山忠成の屋敷で評定寄合のあった翌日、御出座御用掛の戸塚丈之介は奉行の土屋に柳町の扇屋まで供を命じられた。五位鷺太夫と妹女郎の雀から話を聞くのだという。

一緒に供をする面々を見て、丈之介は居心地の悪さを感じた。定廻り同心の望月辰之新とその手下《てか》で十軒店の長兵衛、そして見知らぬ中年男が一人――。

居心地の悪さの原因は辰之新である。二人は幼なじみで道場の同門であった。書類仕事の自分に比べ、常に市中を歩き回り、事件を解決している辰之新を、丈之介は少なからず嫉妬《しっと》していたのであった。

土屋は小袖の着流しに大刀一本を差し落とし、網代笠《あじろがさ》を被《かぶ》って先頭を歩いている。その少し後ろを辰之新と長兵衛。そしてさらに後ろに丈之介と中年男――。

歩き始めてすぐに中年男が、

「晋兵衛と申しやす。お見知りおきを」

と声を掛けてきた。

「誰かの手下か?」

と丈之介は訊いた。

「昨日、お奉行さまに雇われたばかりで、まだどなたの手下とも決まっておりやせん」

晋兵衛と名乗った男は頭を掻く。

「そうか。定廻りは癖が強い者も多いから、気をつけることだ――。前はなにをやっていた？　盗賊か？」

「滅相もねぇ――。なぜそうお思いで？」

「足運び。身のさばき方。盗賊でなければ鳶《とび》かなにかか？」

「へへっ。大きな声じゃあ言えやせんが、東軍の透波でござんした」

「なに？」

丈之介は驚いて晋兵衛の顔を見る。

「関ヶ原《せきはら》で怪我《けが》をしやして。しばらく組で養ってもらっておりやしたが、どうにもいたたまれなくなり、頭に願い出て組を抜けて江戸に出てきたんでござんす。ところが力仕事ができねぇもんだから人足の仕事にもありつけねぇ。それでも、忍びの技は多少使えやすから、願い出て密偵に」

「なるほど。それは気の毒なことであったな」

丈之介は同情した。本当は定廻りで活躍したいのに、書類仕事に甘んじなければならない自分の境遇にどことなく似ていると思ったのだった。

扇屋までの道すがら、半蔵は身の上を語った。それはほとんどが嘘《うそ》で、密偵の晋兵衛としての偽りの半生であったが、丈之介はそんなことを知るよしもなく、哀れな境遇にさらに同情を深めるのであった。

扇屋に着くと、ちょうど女郎たちの風呂《ふろ》の刻限であった。五位鷺と雀が来るのを待つ間、内証《ないしょう》に通された。

腰巻き一つの若い女たちがたわわな乳房をゆらして往き来する内証に座り、丈之介は目のやり場に困った。

土屋は嬉《うれ》しそうに鼻の下を伸ばし、顔を巡らしながら往き来する女郎たちを眺めている。辰之新と長兵衛、半蔵は平然とした顔で座っていた。

目を伏せていても裸体はちらちらと視界に入る。丈之介はしだいに顔が熱くなって行くのを感じた。

丈之介の赤い顔に気づいた様子で、向かい合って座っていた扇屋の主寛兵衛《かんべえ》はにやりと笑った。

「ああ。これは失礼いたしました。目の保養にと思いましたが、居心地が悪いようでしたら、奥に座敷を用意いたしましょう。すぐに五位鷺と雀をそちらに向かわせます」

と寛兵衛は番頭を呼んで奥の座敷に案内するよう命じた。

寛兵衛の言葉に、土屋は怖い顔をして丈之介を睨み、「さようか」と言って立ち上がった。

＊　＊

「女を知らぬわけでもあるまいに」

土屋は中庭に面した八畳の座敷の上座に腰を下ろして、不機嫌そうに言った。

「丈之介は育ちがいいのでございますよ」辰之新がくすくすと笑う。

「それに母上、姉上方がたいそう厳しゅうございます」

「余計なことを言うな」

丈之介は膨《ふく》れっ面《つら》になる。

丈之介と辰之新は土屋に向き合って座り、長兵衛と半蔵は懐《ふところ》に入れていた草履《ぞうり》を出して中庭に下りる。

「ここは屋敷ではない。お前たちも座敷に上がれ」

土屋は二人に言った。

「それでは、お言葉に甘えまして」

長兵衛と半蔵は丈之介と辰之新の後ろに控えた。

廊下に足音が聞こえ、二人の禿《かむろ》、夏蚕《なつご》と鮎汲《あゆくみ》が現れて平伏した。髪型は二人とも切禿《きりかむろ》。紅《あか》い匹田《ひった》鹿子《かのこ》の着物を着ている。

「五位鷺太夫のお成りでござりんす」

その言葉に続いて衣擦《きぬず》れの音と共に五位鷺が現れた。鵜飼《うかい》の図を描いた綸子《りんず》の小袖をまとっている。

昼顔の花の意匠を描いた綸子の小袖の雀は、二人の禿と共に濡《ぬ》れ縁《えん》に控える。

「これはお奉行さまおん自らのお出ましでござりんすか。お使いをとの話でござりんしたから、そこの男が来るものと思うておりんした」

五位鷺は丈之介を振り返り、侮蔑《ぶべつ》の眼差《まなざ》しを向ける。

丈之介の眉間に皺が寄ったが、なにも言わなかった。

「この見世《みせ》の掟《おきて》ゆえ、上座に失礼いたしんす」

五位鷺は、上座に座った土屋の前に歩み寄りその顔を見下ろした。

「女郎！　調子に乗るな！」

丈之介が片膝を立て、怒鳴った。

「よいよい」

土屋は言って上座を立ち、丈之介たちの前に座り直す。

五位鷺は土屋に向き合って、優雅な身ごなしで腰を下ろした。

「さて、お奉行はん。わっちの推当をお聞きになりたいとのことでござりんしたな」

「お前と雀の推当を聞きたいと言うた」

土屋は言って濡れ縁の雀を振り返り、にこにこ顔で手招きした。

雀は眉を八の字にして五位鷺を見る。

五位鷺は不機嫌な顔をして肯いた。

雀は腰を屈《かが》めるようにして座敷に入り、正面の隅に小さくなって座った。

「推当を聞きたいということもあるが、もう一つの用件の方を先に済ませてしまおう」

土屋は言って身を乗り出す。

「もう一つの用件と仰せられますと？」

「推当するにも、その材料が必要であろう。雀が聞き込みをするにしても限界がある。

そこで、誰かをお前たちにつけようと思うのだが、いかがだ？」

丈之介は心の中でなるほどと思った。

お奉行は、晋兵衛とかいう新しい密偵を五位鷺と雀につけるつもりで連れてきたのか――。

五位鷺はいけすかない女だが、昨日の様子を見るとなかなか頭が切れるようだ。手下の一人としてならば使い道があるだろう。

「それはいい考えでおますなぁ」

五位鷺は言って指を真っ直ぐ伸ばし、丈之介を差した。

「ほな、この人をつけてくれやす」

「なに……」

丈之介は目を丸くした。まったく予想外の言葉であった。

「戸塚か――」土屋は困った顔をした。

「戸塚は御出座御用掛と申してな。書き物をする役人だ。それに昨日の様子をみておると、お前とはうまが合いそうにないぞ」

「うまが合う合わないは関係おへん。どうせ役目はお奉行さまとの継《つな》ぎ。実際に動くのはその男にやってもらいまひょ」

五位鷺は、今度は半蔵を指差した。

「お連れになった四人の中で、一番働きがよさそうでおます」

「うむ……。晋兵衛はお前につけようと思って連れてきたが……」

土屋は頬を掻く。

半蔵は小さな声で「なにを考えてやがるんでぇ」と呟《つぶや》き、土屋の背中を睨む。

丈之介は呆然《ぼうぜん》と、土屋と五位鷺のやりとりを聞いているばかりであった。

「戸塚はなぁ……。それよりも望月の方が……」

土屋の言葉を遮り、辰之新が言った。

「それがしは、戸塚が適任かと。この男、常々定廻りになりたいと申しておりますゆえ、その稽古《けいこ》をさせるというのはいかがでしょう」

「左様か。定廻りを希望しておったか」

土屋は丈之介を振り返る。

「いえ……、それは……」

丈之介は口ごもった。

定廻りにはなりたかったが、五位鷺の指示で動き回らなければならないのは御免であった。

「なんだ。定廻りになりたくはないのか」

「いえ、そういうわけでは……」

「よし。それではお前を五位鷺につけよう」

「しかし御出座御用掛のお役目が……」

「お前の後には、ほれ、山野《やまの》の息子が同心見習いになってしばらく経《た》つ。あの男を入れる」

「お奉行……」

丈之介は絶望的な目を土屋に向けた。

「この男はなかなか頑固であるが、よろしく頼む」

土屋は五位鷺に軽く頭を下げた。

「偉そうにする男は鼻っ柱をへし折られると、途端に従順になるものでござりんす。それを顎でこき使うのは楽しおます」

五位鷺は丈之介を見てにやりと笑う。

「お手柔らかに頼むぞ」

土屋はからからと笑った。

雀は座敷のやりとりを聞いていて、丈之介が心配になった。

五位鷺の言葉が本心であることをよく知っていたからだ。

五位鷺の客の中に、初回から偉そうにする御大尽《おだいじん》がいた。てっきり二回目は断るだろうと思っていたが、五位鷺はそれを受け、宴の最中に、御大尽をさんざんに言葉で嬲《なぶ》った。

雀は、御大尽がいつ怒り出すかとひやひやしていたのだが、なにやら顔を赤くして俯《うつむ》き、口元に恍惚《こうこつ》とした笑みを浮かべ始めたのである。

御大尽は扇屋に通い詰め、一年で身上《しんしょう》が傾き、二年で店は潰《つぶ》れた。その御大尽は今、扇屋で風呂の釜焚《かまた》きをしている。

丈之介にもそういう末路が待っているのではないかと思い、雀は自分がなんとかそれを食い止めてやらなければと決心したのだった。

「さて五位鷺。相模屋の件について推当を聞こうか」

土屋が言ったので、雀はひやりとした。

相模屋が殺された件については手掛かりが少なく、推当は進んでいない。

昨日、扇屋に戻ってから土屋に披露する推当をあでもないこうでもないと考えたのだが、すぐに袋小路に入ってしまったのだった。

雀は心配したが、五位鷺はけろりとした顔で、「なんとでもするわいな」と笑ったのだった。

「相模屋さんの件よりも面白い推当をしいした。聞いてくれはりますか?」

「うむ。聞こう」

「寄合の席で、なぜお奉行がわっちに辻斬りの話をさせたかという推当でござりんす」

「ほぉ」

土屋は笑みを浮かべて身を乗り出す。

「世は、未《いま》だ天下を統《す》べるお方が決しておらず、ぴりぴりとしております」

「いやいや、天下を統べるのは豊臣。それを守護するのがお上だ」

「そないなこと、誰も思うとりません。徳川はんが豊臣に止《とど》めを刺す好機を虎視《こし》眈々《たんたん》と狙い、爪《つめ》を研《と》いではるのは誰でも知っとることじゃおまへんか」

「民百姓ばらはそう思うておるか――。で、だったらどうなのだ?」

「徳川はんのお身内は、豊臣が滅ぼされた先を見据えておりんしょう。つまり、徳川はんが天下を取らはった後、ご自分がどこの場所に座れるか——。最後の戦の戦功がそれを左右することになりんしょうが、それまでの間に少しでも上に上っておきたい。邪魔者を除いておきたいと、そうお考えになっとる方々がぎょうさん御座すと拝察いたしんす」

五位鷺はいつもながらの妙ちくりんな言葉でまくしたてる。雀が昨夜の内に見世詞《みせことば》の大枠を作って渡しておいたから、いつもよりもましではあったが——。雀は背中のむずむずに唇を歪めた。

「寄合衆の皆さまも同様。たとえば、大御所さまの鷹狩りの件。青山忠成さま、内藤修理さまが蟄居を命じられ、青山さまばかりが蟄居を解かれんした。これは本多佐渡さまの謀という噂がござりんす」

「いやいや。青山さま、内藤さまが切腹にならずに済んだのは、本多さまのとりなしがあってのこと。もし本多さまが謀ったのならば、お二人を助けはしまい」

「本気でそう思《おも》とりますか？」五位鷺はくすくすと笑う。

「危機に陥れておいて、助け船を出し、自分の味方につけるというのは、籠絡《ろうらく》の常套《じょうとう》手段やおへんか」

「うむ——、それで？」

「寄合衆の皆様方の勢力図は存じ上げませんが、少なくとも青山さまは本多派に引き込まれて御座すということになりんす。そういえば、昨日の寄合は青山さまのお屋敷でございましたなぁ。そういう権謀術数渦巻く寄合の席で、わざわざわっちに辻斬りのことを言わせたということは、お奉行さまは立て続けにおこる辻斬りに寄合衆のどなたかが関わっているのではないかとお考えなのだと推当しんした」

「ふむ。寄合衆の誰かが辻斬りをさせているとなぁ。しかし、なんの得がある？」

「お奉行さまを追いつめることができやんす」

「わたしをか――。なるほど。いっこうに辻斬りが止まぬ責任を取らせられ、お役御免となるか」

「あるいは、ぎりぎりの所で助け船が来て、お奉行さまはどなたかの手の者となるか――。と、まぁ、こういうことくらいはすでに推当して御座しましょう？　だからわっちに辻斬りの話をさせ、誰がご自分を陥れようとしているのか探ったのではござりんせんか？」

五位鷺は土屋の顔を覗き込む。

「いやいや。そのようなこと、考えもしなかったぞ」土屋は頭を掻く。

「わたしはただ、町奉行も必死で辻斬りを防ごうとしているのだということを知らせ

「辻斬りについては、まだ面白い話がございます。昨年のこと、伊奈忠次《ただつぐ》さまの従者が辻斬りに殺されるという事件がございました」

五位鷺の言葉に、半蔵の表情が微《かす》かに動いた。五位鷺も雀もそれを見逃さなかった。

「あの頃も、辻斬りが相次いでおりましたなぁ。犯人を見つけた者に金を出そうと仰せられたように覚えておりんす。そんな時、伊奈さまの従者が辻斬りに合うた。そして、手を下したのは伊賀同心支配役の服部半蔵さまとされた」

「あの――。その頃、服部さまはもうお役を解かれていたはずでございます」

雀が口を挟む。

五位鷺は小さく舌打ちして雀を睨んだ。

「そないなこと、分かっておるがな。伊賀者たちが四谷の長善寺に立て籠もって大騒ぎ。その責を負って服部さまはお役を解かれた――。その後の辻斬り騒動で改易。今は伏見松平さまのお屋敷で蟄居。これもまた辻斬りを利用した謀のように思われますなぁ」

五位鷺はちらりと半蔵を見る。雀も同様に半蔵の顔を注視していた。

その顔は無表情を装っているように見えた。

この男、服部半蔵の話になると表情を殺す。

もしかして——。

雀は小さく首を傾げる。

いや、もし服部半蔵であるならば、なぜここにいるのかという理由が分からない。

自分を陥れた者を探すために屋敷を抜け出し、同じく辻斬りの件で陥れられようとしているお奉行と手を組んだか？

雀はその思いつきを確かめたくなった。五位鷺に叱られるぞと思いつつも、口が勝手に動いた。

「晋兵衛さまが服部半蔵さまであれば、面白うございますね」

無邪気な口調でかまをかける。

半蔵の目に明らかな動揺の動きがあった。

五位鷺がさっと雀の方に顔を向け、怖い顔をした。

「雀！　余計な口を出すんやない！」

五位鷺もまた、半蔵の表情から彼が服部半蔵ではないかと疑っていたのであろう。

先に雀がそれを口にしたので腹を立てたのである。

しかし、五位鷺はすぐに気を取り直したようで、落ち着いた顔で土屋たちを見回す。

「それはわっちも思っていたことでござりんす」

「いや、これは参った」

土屋はぽんと膝を叩いた。

「いかにも、晋兵衛は偽りの名だ。お前たちが推当てた通り服部半蔵どの」

土屋が答えると晋兵衛――半蔵は苦り切った顔になる。

丈之介は驚いた顔で半蔵を振り返り、次いで辰之新の顔を見た。

辰之新は平然とした顔をしている。

「お前――、知っていたのか？」

と小声で訊く。

「昨夜、たまたまな」

辰之新も小声で答えた。

「うむ……」

丈之介は不満げな表情で土屋の背中に目を向けた。

「なぜ――」五位鷺は顎を反らして半蔵を見た。

「蟄居なされているはずのお方がここにいるのかの推当はついておりんすから、説明は結構。元伊賀同心支配であったお方がわっちの手下になってくれるというのは心強うおます」

「お前ぇの手下になるとは言ってねぇぜ」

半蔵は唇を歪めた。

「ならぬのならば、本多さまか大久保さまに、お恐れながらとお知らせするだけや。いずれ奉行所からここに通うのもよし、ここに薪割《まきわ》りかなにかで住み込むのもよし。それにしろ、毎日継ぎをとってもらいまひょ。それはお奉行と相談しなはれ――。さて、半蔵。最初の仕事や」

「女郎。呼び捨ては止めろ」半蔵は言う。

「服部さまなり半蔵さまなり、ちゃんとさまをつけて呼べ」

「ほぉ。小者姿の男にさまづけかいな。辺りが怪しむとは思わへんか？　半蔵ならばそこら中に転がっている名。こっちは気を遣《つか》ってやっとるんやで」

「まぁ、仕方が無かろう半蔵」

土屋に言われ、半蔵は歯がみする。

「さて、半蔵。最初の仕事や」五位鷺がもう一度言う。

「今から雀と一緒に、一石橋に辿《たど》り着くまでの相模屋の足取りを探ってもらおか」

「なぜ相模屋殺しを探らなきゃならねぇんだ。おれは、おれを陥れた奴を――」

「元伊賀同心支配のくせに、ここの出来が悪うおますな」五位鷺は頭を指差す。

「相模屋殺しが透波の仕業であると考えれば、姿が見えなかったことも納得できる。あんたに謀叛を起こしたのは伊賀者。もし、あんたを陥れた黒幕がいるとすれば、その者は伊賀者を操ることができるということや。そして頻発する辻斬りの黒幕が同一人物だとすれば、相模屋殺しを追うこともあんたの損にはならん」

「もしだとか、だとすればとか、それが間違いならとんだ無駄足になるじゃねぇか」

「無駄であっても、余計なことを一つひとつ潰していくことが大切なんや。最後に残ったのが真実なんやで――。さぁ、行ってきなはれ」

五位鷺の言葉に、雀が立ち上がる。

「さぁ、半蔵さん。出かけましょう」

雀に促されて半蔵が渋々立ち上がると、五位鷺は丈之介を指差した。

「あんたもや。一緒に行ってきなはれ」

指をちょいちょいと廊下の方へ動かした。

「お奉行……」

情けない顔で丈之介が言うと、土屋は、

「まぁ、一緒に行ってこい」

と苦笑いを浮かべた。

「雀──」五位鷺は廊下を歩き出した雀を呼び止める。

「彦三も連れて行き。使い走りが三人いれば、なにかの時に継ぎが楽や」

六

「雀姐さん。どこへ向かいやす？」扇屋の前で彦三が生き生きとした顔で訊いた。半蔵と丈之介は少し離れてしかめっ面をしている。

「まず、一石橋まで。そこから相模屋さんの足取りを探ることにする」

「へい。それじゃあおれが露払いを」

彦三は先頭に立って歩き出した。

雀たちは扇屋を出て材木町《ざいもくちょう》を進んだ。いつもなら雀を見かけると下卑《げび》た声をかける人足たちも、今日は侍の丈之介が一緒なのでこちらも見ずに仕事に励んでいる。

ざまぁみやがれ──。

雀は一言二言からかいの言葉を投げつけてやりたかったが、丈之介が一緒ではない時に、いつもの何倍もちょっかいをだされるのではないかと案じて口を閉じた。

「半蔵さん。色々と事情を聞かせておくんなさいよ」

雀は後ろをのろのろと歩いている半蔵を振り返る。

半蔵は歩みを早めて雀に並んだ。一人残された丈之介も慌てて後を追い、半蔵の反対側に立って雀を挟んだ。

「半蔵さんを陥れた奴を探り出す件もお手伝いさせてくださいな。いったい何があったのでございます？」

「おれにもよく分からねぇ。伊賀同心らが、おれが支配役を笠《かさ》に着て自分たちを私用に使っているとか言いだしやがって、長善寺に閉じ籠もりやがった――」

半蔵はかいつまんで今までのことを語った。

「――なるほど。江戸の闇には辻斬りばかりではなく、色々なものどもが蠢《うごめ》いておるのでございますね」

雀はぶるっと体を震わせた。

「いずれ豊臣は滅びて、徳川さまの世が来るだろうが、それでも世は安定しねぇだろうな。しばらくの間はあちこちで騒ぎが起ころうし、江戸にもならず者が溢《あふ》れるだろうぜ。政《まつりごと》の方も、ほかの大名よりも美味い汁を吸いてぇって野郎が、足の引っ張り合いをし続ける」

「天下を取りたかったのにそれができなかったお大名たちが、徳川さまの下でどれだけ高い所へ登れるかと、陰で争うわけでございますね。なんとまぁいじましい」

「他人《ひと》の弱みを見つけると、よってたかって食らいつき、引きずり降ろそうとする。政に関わる奴らはみな、同じ穴の狢《むじな》よ」

「伊賀同心支配役であった半蔵さんは、そういうところを嫌と言うほど見ていらしたんですね。おかわいそうに」

雀は自分でも意識せずに半蔵の胸を打つ言葉を呟いた。

半蔵は、『ここにおれのことを分かってくれる者がいる――』と感じ、心が一気に雀の方へ傾いてしまった。

「おい半蔵」半蔵の表情が緩くなったのを見た丈之介が、声をかける。

「女郎の手練手管《てれんてくだ》に惑わされるんじゃないぞ」

それは幾分、嫉妬心の混じった言葉であったことを、丈之介本人も気づいていない。

「手練手管だなんて」雀は頰を膨らませて丈之介を見る。

「あたしはまだお客を取ることもできずにいるんです。手練手管なんか知るはずないじゃないですか」

「いや……、すまん」

丈之介は後ろ首を掻いた。

彦三はにやにや笑いながら後ろのやり取りを聞いていた。

半蔵も丈之介も、十軒店の長兵衛も、みんな雀姐《ねえ》さんに手玉にとられてやがる。しかも、雀姐さん本人はそんなことに気づきもしねぇ。こいつは、たいしたお人だ。五位鷺太夫を越える太夫になるぜ、きっと――。

しかし、そう思うとなぜか胸が痛くなる彦三であった。

小半刻《こはんとき》（約三〇分）ほどで、雀たちは一石橋のたもとに辿り着いた。

一見して遊女と分かる娘と、町人二人、同心らしい侍一人の組み合わせは、道行く人の目を引いた。半蔵は通りから顔を隠すように、川の方に向いている。

「相模屋さんは――」雀は一同を見回して言った。

「こっち側から北河岸方向へ歩いて、橋の真ん中辺りで賊《ぞく》に襲われた。この辺りの大きな通りで聞き込みをしても、あの晩、相模屋さんを見たという人には行き当たらなかった。ということは、一石橋まで路地から路地を進んで来たってことになる。だから手分けして足取りを探りましょう。まずは東は外堀、西は楓川。北は日本橋川、南は中橋の架かる堀割まで。半蔵さんと彦さんはあたしと一緒に日本橋から中橋までの通りの西側。戸塚さまは通りの東側をお願いいたします。待ち合わせは中橋のたもとに午《うま》の刻《こく》(正午頃)ってことでいかがでしょう?」

「半蔵はわたしにつけてくれるのではないのか?」

丈之介は不満そうに言う。

「申しわけございません──」雀は眉を八の字にして深く頭を下げた。

「彦さんもあたしも、浪人者や黒装束が現れたら、抗《あらが》う間もなく斬り殺されてしまいます」

「ならば、わたしがそっちについて、半蔵が一人で探索をするという手もあるではないか」

丈之介は口を尖《とが》らせてもごもごと言った。

「半蔵さん一人で聞き込みをすれば胡散臭《うさんくさ》そうでございましょう? 戸塚さまは南組奉行所の同心という立場で聞き込みができます」

「胡散臭ぇってのはあんまりな言い方だぜ」

と半蔵は言ったが、なにやら得意そうな顔で丈之介を見た。

「分かった」

丈之介は言うと、くるりと向きを変えて早足で歩き出した。

「わたしたちも始めましょう」

雀は一石橋のすぐ南、呉服町《ごふくちょう》一丁目の路地に足を進めた。

呉服町は中央の広場の周りに家が建つ、江戸時代初期の江戸に特徴的な町割りになっていた。その形式は、日本橋川の北側に多く、南側は東西に細長い町割りが多かった。

半蔵と彦三は広場に居合わせた人々に次々に声を掛けて話を聞いていった。

雀が近づくと胡散臭げに眉をひそめるので、広場の端に立って半蔵と彦三の知らせを待った。

「雀。いい読みだったな」
五、六人から話を聞いた半蔵が笑みを浮かべながら雀に歩み寄った。彦三もすぐに後に続き、
「相模屋さんかどうかは分からないけどって、前置きつきでござんしたが、あの晩、身なりのいい酔っぱらいが千鳥足で広場を抜けて行ったのを見たって奴が一人いやした」

「こっちは二人から聞いた」

半蔵が言うと、彦三はむっとした顔をする。半蔵は得意そうな表情を彦三に向ける。

「あの晩、相模屋さんはこの広場を通ったんだね」

雀は顎に指を当てながら肯く。半蔵と彦三の間の、少々険悪な気配には気づいてもいなかった。

「それじゃあ、次に行きましょう」

雀は小走りに一丁目を出て、二丁目の路地に入る。呉服町二丁目もまた、一丁目と同じ町割りであった。しかし、ここでは目撃者を見つけることはできなかった。

通りを挟んだ隣は、大工町二丁目である。

「すまねぇな――」路地に入る手前で半蔵が立ち止まった。

「大工町には、おれがすみかにしてた長屋がある」

「ああ、そうでしたね」

雀は肯いた。

「人目につかねぇように陰から見てるから、お前ぇたち二人で聞き込みをしてくれ」

「承知しました」

雀と彦三は大工町二丁目の路地に入る。ここは呉服町と違って東西に長い町割りであった。

住人の多くは大工で、半数ほどが仕事に出ていて、残りは昨夜の仕事から帰って寝ている者が多かった。また、妻帯者は少ないので、話を聞ける人数も限られ、これといった情報は得られなかった。

路地を西に辿り、大工町一丁目に入る。

長屋の井戸端で顔を洗っている半裸の男を見つけ、彦三が声をかけた。

「ああ、相模屋が殺された晩かい」男は手拭《てぬぐ》いで顔を拭《ふ》きながら言った。

「あの日は夜番だったから、おれは長屋にいなかった」

「そうでござんすかい……」

彦三は残念そうに言った。

「だけどよう、おれの部屋の隣の奴が、仕事が終わって仲間と酒盛りをした後、だいぶ遅くに長屋に帰って来たんだそうだ。そしたら、身なりのいい男が気持ちよさそうにこの路地を横切って呉服町の方へ歩いて行くのを見たって話してたぜ。あれが相模屋だったかもしれねぇって話してたんだけどよ。下手に奉行所に届けて間違ってたら、後からお叱りを受けるんじゃねぇかってんで、黙ってた」

そこで男は心配そうな顔になる。

「まずかったかね?」

「大丈夫でございますよ」雀は微笑む。

「あたしたちは同心の旦那のお手伝いをしてるんでございます。あたしたちからよっく言っておきますので、心配はご無用でございますよ」

雀は礼を言って彦三と共に大工町の路地を抜けて、その南側、檜物町《ひものちょう》一丁目との間の通りに出た。どこからともなく半蔵が現れ、

「相模屋は大工町から呉服町へ向かったってことまでは分かったな。次は隣の檜物町か」

と道の向こう側を顎で差す。

その時、二丁目の方から声がした。

「おーい。雀」

振り返ると十軒店の長兵衛が小走りに駆けて来た。

「お前ぇたちも路地に目をつけたか」雀の前に立つと長兵衛は言った。

「で、どうだった?」

「あの晩、相模屋さんらしい人が千鳥足で路地づたいに大工町から呉服町へ向かっていたらしいことが分かりました——。戸塚さまが日本橋の通りから東側を当たっているんですけど、お会いになりませんでしたか?」

「そうだったのかい。会ってねぇな。おれは中橋の向こうっかわに用があったんで、

堀割ぞいの中橋槙町《まきちょう》から箔屋町《はくやちょう》を通って来たんだ。なにも聞き出せなかったんで、こっち側へ渡ろうとした所でさ」

「それじゃあ親分さんは檜物町二丁目を回ってくれませんか。戸塚さまとの待ち合わせは中橋。午の刻ってことにしています」

雀は言った。自分だけなにも手掛かりが摑めなかったとなれば長兵衛も気分が悪かろうからと考えたのである。

もし相模屋が中橋の向こう側から来たとすれば、橋を渡ってすぐに二丁目に入り、そこから大工町、呉服町と進んだ可能性が高い。小さな手柄でも、なにもないよりはましである。

そういう雀の思惑には気づいた様子もなく、長兵衛は「分かった。それじゃあお前えたちは一丁目を頼むぜ」と言って二丁目の路地に走った。

雀たちは檜物町一丁目の聞き込みに当たったが、目撃者を見つけることはできず、中橋へ向かった。

相模屋さんが路地づたいに一石橋へ向かったのは、あの晩にどこへ行っていたのか辿れなくするためだろう。会っていた相手がよほど大切な人物であったからか――。

「あれ……」

雀は小さく呟く。

辿れなくて困っているのはあたしたち。

あたしたちは、相模屋さんが殺されたから、あの晩の足取りを探している——。

たとえば、誰かに尾行される可能性を考えて歩いたのなら、こんな歩き方はしないはず。もっと頻繁に角を曲がり、道を変え、後ろから来る者から姿を隠そうとするだろう。

相模屋さんは、人気のない道を選び、できるだけ歩いている自分の姿を見られないようにしているような気がする。

相模屋さんは、あの晩に後ろからついて来る者からではなく、後々、自分の足取りを追おうとする者から姿を隠したかった。

なぜ？

あの晩、相模屋さんがなにか大きなことをしでかして——盗みとか、殺しとか——後からその疑いをかけられた時、その場所にいたのだという確たる証《あかし》を残したくなかったとか。

自分に万が一のことがあった時、あの晩に会っていた人物に迷惑をかけたくなかったとか——。もしそうなら、相模屋さんは、あの晩、自分の身になにかが起こることを知っていたのか？

あの晩、相模屋さんは何者かに会った。そしてその人物が自分を殺めようとしていることを知っていた。しかし、相模屋さんは自分を殺めた疑いがその人物に向かないようにと、自分の足取りを隠した。

一石橋でその人物か、あるいはその人物が差し向けた刺客に出会った相模屋さんは、これから起こることを辻斬りの仕業と思わせるために叫んだ。

「辻斬りだ。助けてくれ――。か」

雀は中橋のたもとで足を止めて呟く。

「なんでござんす？」

彦三が怪訝な顔で雀を見た。

「あの晩の相模屋さんのことを考えていたんだよ」

雀は、自分の推当を話した。

「筋が通ってるように思えるな」

懐手をした半蔵が顎を撫でる。

「そうに違いありませんよ。雀姐さん」

彦三が興奮気味に言った。

「問題は、誰に会っていたかってこったな」

半蔵が言う。

「うん。迷惑がかからないように自分が殺められたことまで隠そうとしたんなら、ずいぶん身分の高い人かなって」

「客筋にそういう奴はいるのか？」

「いえ。大店《おおだな》と取引がある話は聞かない。一番の贔屓はうちとか、柳町の傾城屋《けいせいや》かなあ」

その言葉に半蔵が嫌らしい笑みを浮かべたので、雀は先手を打つ。

「それはないわ。相模屋さんは真面目《まじめ》すぎるほど真面目だもの」

「女遊びをしねぇ朴念仁《ぼくねんじん》かい」

半蔵は肩をすくめる。

「商売上のつき合いはなくても――」彦三が言う。

「なにかのきっかけで知り合うってことはありますよ」

「女郎とかい？」

雀は訊いた。

「いえ。がきの頃、近所のお旗本の息子とよく遊びました。向こうの親が気がついて、おれもその息子もこっぴどく怒られて、以来、遊べなくなりやしたが」

「ふむ」雀は顎に人差し指を当てる。

「相模屋さんは相模の人。昔々、知り合った身分の高い人と江戸で行き合った。それで旧交を温めようとどこかで会った――」

「しかし」半蔵が言う。

「そいつは相模屋と知り合いであることがばれると都合が悪いことがあった。それで帰り道の相模屋を一石橋で待ち伏せてぶすり」

「ありそうなことでござんすね」

彦三が真剣な顔で何度も肯く。

でも――。

雀は顎に指を当てたまま、堀割に顔を向けた。

なんだかしっくりとこない――。

荷舟が堀留へ向かって漕《こ》いで行く。荷を降ろした空舟が楓川の方へ進んで行く。

視野の隅《すみ》に、堀端の中橋槙町の道を駆けてくる丈之介の姿が見えた。

「あっ。戸塚さま」

雀は大きく手を振った。

丈之介は戸惑ったように立ち止まり、行き交う人々の視線に顔を赤らめる。そして大急ぎで中橋に駆けて来た。

「どうでございました？」

雀が訊くと丈之介は頬を赤らめたまま首を振った。

「そっちは？」

丈之介の問いに、雀は相模屋らしい人物の目撃者がいたということと、十軒店の長兵衛が檜物町二丁目を当たっていることを告げた。

「そうか。でかしたぞ、雀」

「ありがとうございます」

雀はにっこりと笑って丈之介を見つめる。

丈之介がどぎまぎと視線を外した時、長兵衛が檜物町二丁目の路地から姿を現した。

「あっ、戸塚さま。お疲れさまでございます。相模屋はあの晩、檜物町二丁目から呉服町、大工町の裏路地を歩いて一石橋へ至ったようでござんす」

「相模屋さんを見た人を見つけたんでございますね」

雀はほっとして言った。

「おう」長兵衛は自慢げに答えると、丈之介に顔を向けた。

「相模屋はこの辺りの料理屋か茶屋で誰かに会っていたかもしれやせん。ちょいと探って参りやす」

長兵衛は雀たちに「夜見世が始まる前に扇屋で落ち合おう」と言うと、近くの料理屋へ走った。

「我らはどうする？」

自分だけ手掛かりを得られなかった丈之介は、浮かない顔をして雀に訊いた。

「中橋の南を回りましょう」

雀は丈之介の袖を摑んだ。

「わたしが一緒だと、つきが離れるやもしれぬぞ」

丈之介が自嘲《じちょう》気味に言う。

「なにを仰《おっしゃ》ってるんです。戸塚さまに日本橋の通りの東を回って欲しいとお願いしたのはあたしでございます。相模屋さんが歩いていない場所だったんですから、手掛かりがなくて当然。無駄足を踏ませて申しわけありませんでした。あたしたちは、たまたま相模屋さんが歩いた所に行き当たっただけでございます。ここから先、戸塚さまがいて下されば百人力でございますよ」

雀は丈之介の袖を左右に振った。

「左様かのう――」

丈之介の口元がもぞもぞと動いて笑みの形を作った。

「左様でございますとも。さ、参りましょう」

雀は丈之介の袖を引っ張りながら中橋を渡る。後ろからついていく半蔵と彦三は面白くなさそうな顔をしている。

「できねぇ男の方が構ってもらえるってのは、どういうこったい」

半蔵はぶすっと言った。

「同感でござんす」

彦三は鼻に皺を寄せた。

＊　＊

雀たちは、日が西に大きく傾くまで歩き回った。

しかし――。

鞘町《さやちょう》の町屋で、厠《かわや》の窓から目の前を歩いていくそれらしい人物を見たという手掛かりを最後に、相模屋の足取りはぷっつりと途切れた。

丈之介は因幡町《いなばちょう》の通りに茶店を見つけると「休んでいこう」と言った。

「柳町はすぐそこでございますよ」雀は言った。

「扇屋でお休みくださいまし」

「扇屋へ行けば、すぐに五位鷺が顔を出すだろう」丈之介は顔をしかめた。

「疲労困憊《こんぱい》であの女の毒舌を浴びるのは嫌だ」

「ああ……。左様でございますね」

それは雀も同感であった。

雀と丈之介、半蔵、彦三は、茶店の長床几に座り、甘酒を啜《すす》った。

半蔵以外は疲れ切った顔である。

鞘町で足取りが途切れたならば、相模屋はこの辺りの料理屋で誰かに会ったのかもしれないと、座敷を貸す店を手当たりしだいに当たったが、手掛かりは得られなかった。

「なぜ鞘町で足取りが消えたのか――」

丈之介は大きな溜息《ためいき》をつく。

「この辺りまではしっかりしていたが、歩いているうちに酔いが回って気持ちに弛《ゆる》みが出たのかもしれねぇな」

半蔵が言った。
「うん」雀が肯く。
「相模屋さんを見た人たちは、みんな『いい気分で千鳥足』って言ってましたから
ね」
「懐かしい人に会って、嬉《うれ》しくて酒を飲み過ぎたんでしょうね」
彦三は甘酒の湯飲みを両手で包み込み、暮色の空を見上げる。きっと幼い頃に遊ん
だ旗本の息子との想《おも》い出に浸っているのだと雀は思った。

七

夜見世の前の五位鷺の部屋に、雀、丈之介、半蔵、長兵衛が集まった。彦三は見世
の仕事に戻っていた。
雀が調べの結果と、半蔵と共に推当てた事の顚末《てんまつ》を報告するのを、五位鷺は煙管《きせる》を
吹かしながら聞いた。
雀の報告が終わると、長兵衛が、
「檜物町辺りの料理屋や、鞘町からこの辺り、柳町の料理屋、傾城屋まで当たったが、

あの晩、相模屋が来たって店はなかった」

とつけ加えた。

長兵衛が扇屋にも聞き込みに来た話は、雀も楼主《ろうしゅ》の寛兵衛から聞いていた。

「すると」五位鷺は灰吹きに莨《たばこ》の灰を落として言う。

「相模屋は鞘町から中橋を経て、檜物町、大工町、呉服町の裏路地を歩き、一石橋を渡ったってことやな。鞘町から先は分からないと――」

雀は五位鷺の言葉に棘《とげ》を感じた。

鞘町から先の手掛かりを摑めなかったことをねちねちと咎めるつもりだと思った雀は、

「はい。鞘町辺りで酔いが回って来て、用心が足りなくなったのかなと」

と作り笑いをして答えた。

「ふん」

五位鷺は鼻で笑う。これも悪態をつく前兆なので、雀は言葉を継いだ。

「半蔵さんとあたしの推当、なんだかしっくりとこないんです」

「当たり前や」五位鷺は言った。

「相模屋と会っていた人物は、知り合いであることが知れると都合が悪いのならば、のこのこと待ち合わせ場所に来るかいな。会いたいと言われた時に断るやろ」

「いや……。相手に断れない事情があるからこそ、相模屋さんと会って、その後に殺めたとも……」

「そないなことぐらい、ちゃんと考えとるわ！」五位鷺は怒声を上げる。

「下らんこと言ってないで、お前、彦三を呼んで来《き》ぃ。彦三にも話しておかなけりゃならんことがある」

「はい……」

雀は彦三も怒られるのではないかと青くなった。しかし、どう考えても今日の彦三の働きに落ち度はない――。

雀は見世の者たちに居場所を訊き、納戸で捜し物をしている彦三の元に走った。

＊　　＊

彦三は、五位鷺が呼んでいると聞くと、顔色を失ったが、雀が「大丈夫。あたしが守ってあげるから」と言うと、小さく肯いた。そして、

「やっぱりできねぇ男の方が構ってもらえるんだ」

と呟きながら雀と共に廊下を急いだ。

「なんの話？」

「いえ、こっちのこって……」

と彦三は誤魔化した。

＊

＊

「さて――」五位鷺は座敷の隅っこに小さくなっている雀と彦三に冷たい視線を向けて言った。

「皆の者が探ってきたことだけでは、相模屋を殺した奴は分からへんということはもう分かっとると思う」

「だけど」半蔵が口を挟む。

「足取りは鞘町で途切れてる。もう手詰まりなんだぜ」

「手詰まりやない。足取りが追えなくなっただけや」

「足取りだけじゃないぜ」長兵衛が言う。

「家族も円満。相模屋を恨んでいる奴もいねぇ。飲む、打つ、買うの遊びもしねぇから、金銭や色恋が絡んだ殺しでもねぇ。商売についても問題はねぇ」

「あほ」

五位鷺は吐き捨てるように言う。

「なんだとっ！」

長兵衛は腕まくりして片膝を立てる。

雀が慌てて駆け寄って長兵衛を座らせる。

「お前が言うたことは、江戸に来てからの相模屋のことやろ」

五位鷺は優雅な身ごなしで煙管に莨を詰めて火入れの炭火を移した。

雀は五位鷺が次に何を言い出すか理解した。それは、『できっこないこと』として排除した考えであった。

「雀。夜明け前に旅に出ぇ」

五位鷺は煙と共に吐き出す。

「無理でございますよ」

相模国の相模屋の故郷へ行き、生い立ちから江戸へ出るまでのことを調べれば、重要な手掛かりが得られるかもしれないということは、雀も考えた。しかし、この時代、旅は許可を必要とするものであり、大きな危険を伴うものでもあった。

「なにが無理なもんか。そこの同心、透波が一緒ならば、道中は安心だ。万が一、透波を狙う者たちが現れたなら、これ幸い。ひっ捕まえればお奉行の思いも叶《かな》うってもんやないか」

「相模屋の生い立ちを調べようってのか？」

半蔵が訊いた。

「せや」

「だったら、おれ一人で行けばいい話だ。相模国への裏道は幾通りも知っている。関所も山賊も関係ねぇ」

「お前だけやったら、足と耳だけで、頭が足りん。お前の調べが足りなかったら、もう一度出かけるのか？　二度目でも足りなければ、三度、四度と出かけるっちゅうのか？　そないな手間をかけとる暇はあらへんがな」

その言葉に、半蔵はむっとした顔をしたが、五位鷺は構わずに丈之介に顔を向けた。

「すぐにお奉行に話して来なはれ。お奉行やったら、色々な所に手を回すこともできるやろ。敵の弱みを握る好機やって、よっく言うて聞かせるんやで。あんじょう喋る自信がないんやったら、雀をつけてやろうか？」

「いや……。それがしだけで十分だ」

雀の名を出された丈之介は思わずそう答えた。

「結構。お奉行の返事を聞いたら家に戻って旅支度を調え、ここに戻って来るんや」

そこで五位鷺は彦三に顔を向けた。

「彦三。お前が幼なじみのことを思い出したんはお手柄やった。その褒美《ほうび》に、お前も旅について行き。楼主にはわっちから言ってやる」

「わたしもでございますか」

彦三は目を丸くした。

「せや。雀の身の回りの世話もあるやろし、色々用事を言いつけられるやろから、物《もの》見遊山《みゆさん》とはいかんやろけどな」

「かしこまりました！」

彦三は平伏した。

五位鷺は丈之介に顔を戻す。

「ほれ。早う行かんかい。もう夜見世の刻限になる。わっちは忙しいんや」

五位鷺は追い払うような手つきをする。

丈之介は怒りに顔を真っ赤にして立ち上がり、足音も荒々しく座敷を出ていった。

「雀。半蔵と彦三の旅支度を急いで調えるんや」

「おれは？」

長兵衛は自分を指差して訊く。

「お前は望月の手下やろ」

五位鷺は素っ気なく言った。

その時、襖の向こうから二人の禿、鮎汲と夏蚕の声がした。

「太夫。そろそろ刻限でございます」

「分かった――」五位鷺は言うと、雀、半蔵、長兵衛、彦三の顔を見回す。

「さぁ、今日はお開きや。次は旅から帰ってきてから知らせを聞こう」

＊　＊

「そうか。五位鷺は旅に出よと言うたか」

土屋はからからと笑った。

土屋の屋敷の書院である。座敷には土屋と丈之介の二人きりであった。

「笑い事ではございません。いかがいたしましょう？」

「行ってこい」

「いいのでございますか？」

「道中のお守りを一つ用意してやろう。夜明け前までには扇屋に届ける。お前はすぐに旅の用意をいたせ」

「承知いたしました――」

丈之介は一礼すると書院を辞した。

「さて、思いもよらぬ方へ転がりだしたな」

土屋は笑みを浮かべたまま腕組みをした。

第三章

一

相模国《さがみのくに》は、おおよそ現在の神奈川《かながわ》県に当たる。武蔵国《むさしのくに》との国境《くにざかい》は境《さかい》川であった。相模屋久右衛門《きゅうえもん》——留松《とめまつ》の故郷である津久井《つくい》郡は相模国の北側。武蔵国の八王子《はちおうじ》と隣接していた。

雀《すずめ》たちは甲州《こうしゅう》街道を進んでいた。雀は町娘のいでたち。彦三《ひこざ》はどこかのお店《たな》の手代という格好である。半蔵《はんぞう》は番頭風に見えなくもない。二人とも道中差を腰に差している。丈之介《じょうのすけ》はそのまま旅装の侍で、いかにも役人風であった。

甲州街道は、慶長《けいちょう》七年（一六〇二）に開かれたばかりの街道で、五街道の中では一番遅い。万が一江戸城が陥落した場合、将軍が甲府《こうふ》まで避難するために開設されたものであるといわれる。

雀は、五位鷺《ごいさぎ》の用足しのためにしょっちゅう江戸市中を走り回っていたので、同じ年の娘よりは健脚であった。しかし、透波《すっぱ》の半蔵、侍の丈之介に敵《かな》うはずもなく、まだ明けやらぬ日本橋を発《た》ってから四里（約一六キロ）ほども歩くと二町（約二一八メートル）もの距離を空けられてしまった。

物流が目的ではないから、人の往来はほかの四街道より少ない。雀は、いまにも半蔵を襲った浪人者や黒装束《くろしょうぞく》らが現れるのではないかとびくびくしながら歩いた。

幾らかでも人の姿がある集落の中は少し緊張が解け、人家が途切れ周囲が田畑となると、再び鼓動が高鳴って行き、林の中に入ってそれは最高潮となった。

その繰り返しが、いつ果てるともなく続く。旅を楽しむ余裕などまったくなかった。

それでも、彦三が寄り添い励ましてくれるので、歯を食いしばってなんとかその日の目的地である日野《ひの》に日暮れまでに辿《たど》り着いた。江戸から九里二十六町（約三八キロ）であった。

宿場の整備は未《ま》だ途上であったから、数少ない旅籠《はたご》は満員で、雀たちのその日の宿は大きな百姓家であった。雀たちは、別の旅人数人と一部屋に雑魚寝《ざこね》をした。

翌日もまた夜明け前に発ち、四里ほど進んで、駒木野《こまぎの》の宿場から山道に入り込んだ。

人気のない山中で、雀は背負った風呂敷《ふろしき》から裁付袴《たつけばかま》を出して穿《は》いた。ここから先は、半蔵の知る、ほとんど獣道と言っていいほどの山道を進むので、小袖《こそで》の裾《すそ》が邪魔になるからであった。

木々の枝をくぐり、下生えの笹《ささ》を頼りに斜面をよじ登る。幹《みき》で体を支えながら、次々に木を渡り歩き、斜面を下る。

そんなことを何回も繰り返した。

尾根筋を歩くのはいくらかましであったが、谷越えは足腰にこたえた。

雀の後ろから来る彦三の口数は減っていき、ついに荒い息を吐くばかりになって、山中を進んだ。

見えるものは木々だけで、陽光は頭上の厚い木の葉に遮《さえぎ》られ、山中は薄暮時の暗さであった。

細い沢の流れがあると小休止したが、半蔵はそのたびに雀たちから離れ、周囲の様子を窺《うかが》いに行った。追っ手の姿があるかどうかを確かめているのであった。

さすがに丈之介も疲れているようで、沢水を啜《すす》ると流れの側《そば》にごろりと横になった。

どれだけの尾根を歩き、どれだけの谷を越えただろうか。やがて、山中は急速に暗くなった。

半蔵は平らな場所を見つけて「ここで野宿する」と言った。

日が落ちたのだ――。

雀は半蔵の言葉で、やっと周囲が暗くなった理由に気づいた。それほどに疲労し、思考が止まっていたのである。

半蔵は木に背をもたせかけて、網で袈裟懸《けさが》けに背負った行李《こうり》を開き、中から宿で握って貰《もら》った握り飯の残りを出した。三個の握り飯は、小休止のたびに少しずつ齧《かじ》っていたので残り一個半となっていた。

雀は、握り飯を食う半蔵を横目で見ながら、寝転がった。丈之介、彦三も雀と同様に横たわっている。

「飯を食っておけ。動けなくなるぞ」

半蔵は半分の握り飯を食い終えると残りを仕舞った。

「もう動けぬ」

丈之介がくぐもった声で言った。

「ここはどの辺り？」

雀が訊《き》く。

「日の出前に発てば、昼前には白嶺《しらね》村だ」

「昼前……。昼前まで頑張ればいいんだね」

雀は「よっこらしょ」と体を起こして、背中の風呂敷包みを降ろして握り飯を出した。

それを見て、彦三も起きあがる。

丈之介はなにかぶつぶつと言いながらも、二人に倣《なら》って上体を起こし、握り飯を食った。

「火は焚《た》かぬのか？　冷えてきたぞ」

丈之介が指についた米粒を舐《な》め取りながら訊く。

「焚かぬ。追っ手があればすぐに見つかる」

「おぬし、再三様子を窺っていたではないか。追っ手はなかったのだろう？」

「浪人らはどうということはないが、黒装束は透波だ。透波を甘く見るな。こちらが油断すれば、どこからともなく涌《わ》いて出る」

「しかし、このまま寝たら風邪《かぜ》をひきやすすぜ」

彦三が言う。

「乾いた落ち葉を集めてそれにもぐって寝ろ。薄っぺらな掻巻《かいまき》よりよほど温かいぞ」

半蔵は答えた。

この当時、敷き布団、掛け布団などを買えるのは裕福な者のみであった。敷き布団には中に藁《わら》を詰めた安価なものもあったが、庶民のほとんどが掻巻にくるまって寝た。

握り飯半個の夕食を終えた後、雀たちは落ち葉を掻《か》き集めてそれに潜り込んだ。

半蔵が言った通り、落ち葉は思いの外温かく、雀は日中の疲れもあってあっという間に眠りに落ちた。

＊　　＊

次の日の昼前、雀たちは白嶺村を見下ろす山の中腹に辿り着いた。

谷底の村である。棚田《たなだ》と畑が広がり、三十軒ばかりの百姓家が点在している。その中の半数以上が、小さな小屋と見まがうばかりの家であった。所々に小さな草地があったが、よく見ると屋根や柱の残骸《ざんがい》がのぞいていて、崩《くず》れた廃屋であることが分かった。

水を張った田圃《たんぼ》には幾つもの人影があって、田植えをしている様子であった。来る道すがら見た田圃にはすでに短い稲が風に吹かれていたから、おそらくこの村は山の陰になっているために田圃の水が温《ぬる》むのが遅いのだろうと雀は思った。

雀の生まれ故郷の村もそうだった。斜面に無理やり棚田を作り、少しでも食えるものを作ろうと畔《あぜ》にまで豆類を植え、家の周囲は脱穀《だっこく》などの作業をする前庭を残してみな畑にしていた。

それでも、村は常に飢えていた。

領主が税を搾《しぼ》り取って行くからである。

侍たちは、『お前たちを守ってやっているのだから、年貢《ねんぐ》を納めるのは当たり前だ』と言う。

だが、父に訊いても、祖父に訊いても、今まで村が野盗に襲われたことはないと言う。

まだ怖いものを知らなかった幼い雀は、その言葉を、年貢徴収の立ち会いに来た侍に言ったことがあった。

侍は『我らが守っているから野盗が来ないのだ』と胸を張って答えた。

雀が『本当は、なにも盗むものがないから野盗が来ないのではないか』と言うと、『そう思うならば、もっと働いて盗まれるほどの作物を作れと親に言え。そうすれば我らのありがたみが分かる』と言い捨てた。

では、戦はどうなのかと雀は問いたかったが、侍はもう遠くに歩み去っていた。

戦では、人馬が田畑を踏み荒らす。

劣勢になれば、領主は土地を捨てて逃げる。町に、村に火を放つこともある。

けっきょく、政《まつりごと》なるものを司《つかさど》る者たちは己が生き残ることしか考えていない。己が食っていくことしか考えていない。

大名らは、領地を増やすこと、天下を取ることしか考えない。それに尻尾《しっぽ》を振る者たちがまことしやかな英雄譚《たん》を作り上げて語るが、いかに美辞麗句で飾ろうと、本質は野盗と変わらない。

力を使って他人のものをかすめ盗《と》る。

そして、領地を奪えば嘘《うそ》をついて民百姓を懐柔《かいじゅう》し、汗水垂《た》らして得た銭や作物をかすめ盗る。

己に都合のいい法を作って民百姓を縛りつける。

そして、政を司る者たちに擦《す》り寄って美味《うま》い汁を吸おうとする民百姓も生まれる。

まぁ、女郎の分際で、そんな大きなことを考えてもしようがない。

しかし、そのような世の中の仕組みのせいで、傾城屋《けいせいや》に売られる娘がいるのだ。

けれど――。

ただの女郎になにができるわけでもない。ならば、世の中の仕組みは、もうどうしようもないものと諦《あきら》めて、その中でいかに楽しく生きるかを考えなければならない。

寒村を見下ろした瞬間、雀の脳裏にはそれらのことが駆け回った。

彦三が「ついたぁ」と叫んで側にへたり込んだので、雀は我に返った。

　半蔵は口の前に人差し指を立て、二人を睨《にら》む。

「村の者に見られたらどうする。道もない山の中から現れた旅人など、怪しんで誰《だれ》も相手にせぬぞ」

　雀と彦三は首を竦《すく》めて頭を下げた。

「今から身なりを整え、隣村からの道へ下りる。以前村に住んでいた留松の死を知らせに来たという体《てい》で村に乗り込む」

　半蔵の言葉に雀は肯《うなず》く。

「それじゃあ、戸塚《とつか》さまはここでお待ち下さい」

「なぜわたしが待たなければならぬ」

　丈之介は不満そうに言った。

「半蔵さんはちょっと面相が怖いけれど、相模屋さんの番頭さんで通ります。彦さんは手代。あたしは相模屋さんのお世話をしていた小女《こおんな》。けれど、そこにいかにも役人面をした戸塚さまが交じると、相模屋さん――、留松さんの死になにか厄介なことが絡《から》んでいると疑われましょう」

「なるほど……」

丈之介は肯いた。

雀と半蔵、彦三は互いの着物の汚れを手拭《てぬぐ》いで払い落とし、隣村からの道へ下りた。

中天に差しかかった日は、谷底の村を明るく照らしている。田植え歌があちこちから聞こえていた。

雀は一番近い田圃で苗を植えている百姓たちに声をかけた。

「もうし。ここは白嶺村でございましょうか？」

家族らしい菅笠《すげがさ》を被《かぶ》った者たちがちらりと顔を上げ、中年の男が腰を伸ばした。

「そうだが、お前《め》ぇさんたちは？」

菅笠の影の中で男は警戒するような目を雀たちに向けた。

「江戸から参りました。留松さんの知り合いでございます」

「留松――」男は少し考え込んで、小さく肯いた。

「ああ。随分前に村を逃げた留松か。江戸に行ってたのか。それで、留松の知り合いが村になんの用でぇ」

男の声には棘《とげ》があった。

「実は、留松さんが江戸で亡くなりまして。親戚《しんせき》の方や親しかった方々にお知らせしようと思ってやって参りました」

「そうかい留松は死んだかい」男は素っ気なく言った。

「親戚は死に絶えたよ。留松が逃げ出す少し前の流行病《はやりやまい》でさ。親しかった奴っていえば――、信八《しんぱち》かな」

と後ろを振り向いて、丘陵地《きゆうりようち》の中程を指差した。

「ほれ。あそこの家だ」

男の指の先には、野面積《のづらづ》みの石垣の上に建つ小さい百姓家があった。

「留松を追って村を出た五平《ごへい》って奴がいたが、知ってるか?」

「お会いしました。お城の普請場《ふしんば》で働いています」

「そうかい。留松とはたいして親しくなかったが、五平は友だちでな。元気で働いているんならいいや」

男は少しだけ和らいだ表情になって田植えを再開した。

雀たちは会釈して丘の家を目指す。

田畑の中の道を進むと、田植えの百姓たちがちらちらとこちらに視線を向けてくる。

小さな村では余所者《よそもの》は警戒される。村の入り口で百姓と話をしていたのを見ていたからであろう、咎《とが》める者はいなかったが、歓迎されていないのはよく分かった。

厄介事も疫病も村の外から来る。どこの村でも、百姓たちはそう考えている。だから村の境に道祖神を祀《まつ》り、それを防ごうとする。その結界を抜けて村に入る余所者は、いつでも警戒の対象なのである。

丘の道を上って行くと、教えられた家の側の田に、五、六人の百姓の姿が見えた。

「信八さんはいらっしゃいますか？」

雀は声をかけた。

田の中の一人が腰を伸ばし、

「信八はおれだが」

と言った。

「留松さんの知り合いでございます。江戸から参りました」

雀が言うと、信八は「留松の知り合いか」と言って、畦道に上がり駆けてきた。

日に焼けて皺《しわ》深い顔は、留松——相模屋久右衛門よりもずいぶん老けて見えた。毎日日に当たって百姓仕事をしている者と、商売人になった男では老いの速度が違う。もしかすると同い年くらいなのかもしれないと雀は思った。

「留松は元気か？」

信八は顔中皺だらけにして笑みを浮かべた。

「いえ——。留松さんはお亡くなりになりました。それをご親戚や親しい方にお知らせするために参りました」

「そうかい……」留松は落胆した顔になって畦道に座り込んだ。

「留松はどんな暮らしをしてた？」

「呉服商をなさっていました。わたしは身の回りのお世話をしておりました。この二人は番頭と手代でございます」

「そうかい」と信八は雀たちを眩《まぶ》しそうに見上げる。

「留松は出世したんだな……。で、なんの病だったんだ？」

「いえ。病で亡くなったのではございません」雀は信八の横に座り、声をひそめる。

「殺《あや》められたのでございます」

「なんだって。留松が殺められた……」

信八の表情が凍りついた。

「奉行所は辻斬《つじぎ》りだといいますが、どうもそうではない様子で――。それでわたしたち三人で真相を確かめようとしているのでございます」

「手掛かりを求めてここまで来たってのか？」

「はい。留松さんは、それはもういい方で、誰かに恨まれるようなお人ではございませんでした。しかし、わたしどもは、江戸の留松さんしか存じません。生国《しょうごく》に来ればなにか分かるのではないかと思いまして」

「こっちでも恨まれるような奴じゃなかったよ。村を出た時にはさんざん悪口を言った奴もいるが、それはやっかみだからな」

「やっかみでございますか？」

「ああ。留松は流行病で係累を全部亡くした。身軽になって江戸に出ていったのが羨《うらや》ましかったのさ。百姓はいろんなしがらみで、村を出ようにも出られねぇからな」

「それじゃあ、留松さんを本気で恨んでいる人はいなかったと？」

「うん。いなかったと思うな……」

信八は暗い顔になって言葉を切る。

「なにか心当たりでも？」

「娘――」信八はぼそっと言った。

「売られた娘は、恨みに思っていたかもしれねぇ」

信八がそう言った瞬間、雀の脳裏に忌《い》まわしい記憶が蘇《よみがえ》った。

＊　　＊

初冬であった。

村の周囲の山々は、木の葉を落とし、重く曇った灰色の空から今にも雪が舞い落ちて来そうな日――。

母一人が戸口に立っていた。眉《まゆ》を八の字にして唇を震わせ、胸の辺りで、汚い手拭いを強く強く握っていた。

土間の方から藁を打つ音が聞こえていた。父と兄、そして弟の打つ槌《つち》の、三つの音が時に重なり、時に離れて、いつもより荒々しく――。

母と向かい合う雀の肩には、女衒《ぜげん》のごつごつした手が置かれている。

女衒の手が、ぐいと雀の肩を引いた。体がくるりと回って、母の姿が視界から消えた。

『あっ……』

と言ったのは母だった。

もう振り向いてはならないと雀は決心した。

女衒の手が、雀の手を取った。生まれてから今まで触れた手の中で、一番硬く冷たいと、その時雀は感じていた。

寒々とした冬枯れの景色の中を、雀は女衒に手を引かれて歩いた。

雀が売られる日であることを知っているのだろう。いつもならば大根を干す者たちの姿があるはずなのに、隣近所の家の周りには人影はない。

後ろから足音が一つ、ついてきた。

それも、村境の道祖神の所で途切れた。

母は、もう一度自分の顔を見たいのではないか——。

雀は何度も振り返ろうとしたが、堪《こら》えた。

自分の中に重い未練が残ることが怖かったのかもしれない。

自分を売る親に対しての抗議であったのかもしれない。

隣村への坂道に差しかかった時、雀の中には空虚な諦めの思いが広がり、女衒にも聞こえないように小さく呟《つぶや》いた。

『仕方がないことは、仕方がない』

＊　＊

「恨まれる筋合いはねぇんだ」

吐き捨てるように言った信八の言葉で、雀は我に返った。

「家にいるよりも美味《うま》い飯が食えて、いいおべべが着られて、毎晩男に抱かれていい思いができる」

その言葉は、雀が女衒と共に旅に出る前の晩に、父が言った言葉そのままであった。

今であれば、その言葉が自分自身を誤魔化すためのものであったのだということが分かる。

「あなたも娘を？」

雀はそっと訊いた。

「ああ……」

信八は苦しげな顔をした。

雀は、次の問いを口にすることができず、唇を噛《か》んだ。

「留松さんの娘はどこに売られたんでございましょう？　それはいつ頃《ごろ》のことでございますか？」

半蔵の声が訊いた。

雀は振り返る。

半蔵の横で、彦三が硬い表情で立ち尽くしている。彦三もまた、扇屋《おうぎや》に売られてきたという経歴をもつ。様々な思いが去来しているに違いない。

「日野の傾城屋だ。もう十五、六年も前になる」

その答えを聞いて、雀はほっとした。

留松の娘が日野にいるのならば、父親を江戸で殺すことはできない。

「何歳で売られたので？」

「六つ、七つ――。十にはなっていなかったと思う」

「娘と、傾城屋の名は？」

半蔵が問う。

「娘の名はそめ。傾城屋は美富士屋《みふじや》だ」

「そうですかい。それじゃあ、おそめさんにもお父《と》っつぁんが亡くなったことを報《しら》せなきゃなりやせんね」

「そいつは、やめておいてもらえねぇかな」

信八は涙目で半蔵を見る。

「なぜ？」

「もう、自分を売った薄情な親のことなんか忘れてるだろう。わざわざ思い出させるのは酷だ」

「いえ――」雀が首を振る。

「どんな親でも、親は親。忘れることなんかございませんよ。でも……、お父っつぁんの死を聞いたところで、江戸まで弔いに行くこともできやしませんから、やっぱり報せないほうがようございますね」

「そうだな……」

半蔵は言った。

「ちょっと待っていてくれねぇか」

信八は目に浮かんだ涙を手の甲で拭うと、家に走った。そしてすぐに戻ってきて、雀の手に一掴《つか》みの小銭を握らせた。

「こんなもの、なんの足しにもならねぇだろうが、半分は報せてくれた礼だ。帰り道、団子でも食ってくれ。あと半分は、留松の弔いを出してくれた人に渡してくれねぇか」

言葉の途中から信八は啜り泣きはじめた。

「分かりました。お預かりいたします」

雀は小銭を押し戴《いただ》き、手拭いに包んで懐《ふところ》に収めた。

雀たちは村を後にした。街道を少し歩き、丈之介と合流するために山の中に入り込む。

「なぁ、雀。お前も親を恨んでいるのか?」

半蔵が斜面を歩きながら訊く。

「いえ。売られてすぐは恨みもしましたが、しばらく扇屋で暮らすうちに、それも消えました」

「諦めたのか?」

「それもありますが、同じ身の上の娘たちの話を聞くうちに、親はあたしを売りたくて売ったんじゃないってことが分かったんです。不幸の正体って、外側からはよく見えるんですよ――。やっぱり諦めたのかな。こんな世の中なんだからしょうがないって」

「そうか……」

それ以後、半蔵は黙りこくって道なき道を進んだ。

二

その日の夕刻、雀たちは日野の宿場にいた。

日野宿は、昨年整えられた新しい宿場であった。建てられたばかりの、柱や梁《はり》が真新しい色を見せている旅籠や商家と、古くくすんだ色の家々が混在して、木のにおいがまだ漂っていた。

留松——相模屋久右衛門の娘、そめがいるという傾城屋の美富士屋の場所を確かめてから、そこからほど近い旅籠に草鞋《わらじ》を脱いだ。

街道を見下ろす二階の六畳間に落ち着くとすぐに、

「四人揃《そろ》って傾城屋の聞き込みってわけにもいくめぇ」

と半蔵が言った。その顔が少しにやけていたので、雀はすぐに半蔵の意図を察した。

「助平」

雀はぼそっと言う。

「女郎のくせになに言ってやがるんでぇ。それならお前ぇが聞き込みをしてくるかい？」

「半蔵さんが客として入って聞き込みをしてくるのが一番手っ取り早いって分かってるよ。行ってきなよ」

「彦三が行くって手もあるがな」

半蔵が言うと、彦三は耳まで真っ赤にしてぶるぶると首を振った。

「戸塚の旦那《だんな》は？」

「遠慮しておく」

丈之介も彦三と同様に顔を赤くした。

「そうかい。それじゃあ、おれ独りで」

半蔵は言うと、懐手をして楽しそうに部屋を出ていった。

＊　＊

一刻（約二時間）ほどして戻ってきた半蔵は、深刻な顔をしていた。敷かれている夜具の上に座って雀に向き合う。

「美富士屋にそめはいなかったぜ」

「えっ？」

雀は眉をひそめる。

「美富士屋での源氏名は夕顔《ゆうがお》――。夕顔は江戸にいる」

「どういうことで？」

窓際に座っていた彦三が膝《ひざ》で半蔵に近寄った。

「美富士屋は江戸の道三堀《どうさんぼり》に出店《でだな》を出したんだとよ」

出店とは支店のことである。

「夕顔はそっちに送られたそうだ」

雀は目を見開いて言う。

「道三堀――。道三堀にあった見世は柳町《やなぎちょう》へ移ったよ」

扇屋も道三堀から柳町に移った傾城屋である。とすれば、美富士屋の出店も柳町にある。

そして、相模屋の足取りが消えた鞘町《さやちょう》は柳町の目と鼻の先――。

相模屋はどこかで、そめ――夕顔が美富士屋の出店にいることを知ったのだ。

あの夜、相模屋は、夕顔に会うために柳町の美富士屋の出店へ行った。

美富士屋、美富士屋――。

「あっ。もしかして、その出店は富士見屋《ふじみや》だね?」

雀は言った。

「ご明察。お前んとこから数軒先だ」

「しかし――」丈之介が言った。

「柳町の辺りも十軒店《じっけんだな》の長兵衛《ちょうべえ》が当たっている。もしあの晩、相模屋が富士見屋を訪れているなら、長兵衛が聞き込んでいるはずだ」

「こっそりと入り込む手はいくらでもあるだろう」

半蔵は言った。

「確かに……」

彦三は言った。

女郎たちが時々、好きな男をこっそりと引き込んでいるのは雀も知っていた。もちろん、ばれてしまえば厳しく叱《しか》られるのであるが――。夜見世が客でいっぱいにならない日もあるから、空き部屋や布団部屋に潜《もぐ》り込み、逢瀬《おうせ》を楽しむのである。

「相模屋は堅物で通ってるから、傾城屋に入る姿は見られたくねぇだろうからな。正面から堂々とは入らねぇさ」

「だったら、やっぱり、相模屋さんを殺めたのは、夕顔――そめなんでござんしょうか？」

彦三が暗い顔で言った。

「そうに決まってるじゃねぇか」半蔵が言う。

「相模屋は、娘恋しさに会いに行ったが、そめの方は自分を売った親父《おやじ》が現れたんで怒り心頭、追い返した。だが、腹の虫が収まらず、追いかけていって一石橋の上でぶすり」

「しかし、相模屋はいい気分で千鳥足だったのだ」丈之介が言う。「顔を合わせてすぐに追い返されたのであれば、そうはならぬだろう。しかし、自分を売った父親の酒の相手をしたとも思えぬ」

「それじゃあ、そめは初めは昔のことを水に流そうと思ってたってのはどうだい？　親父と酒を酌み交わしたが、やっぱり許せないと思い、後を追った」

「でも、饂飩《うどん》屋は相模屋さんを刺した者の姿を見ていません」

彦三が言った。

「目が悪かったんだろうよ」

半蔵が面倒くさそうに顔をしかめる。

彦三は助けを求めるように雀を見た。そめが相模屋を殺したということを認めたくない様子であった。

雀も彦三と同じ思いであった。本当にそめが相模屋を殺めたのであれば、親殺しである。市中を引き回されて、獄門――。

しかし、今までの話を繋《つな》げればそめが相模屋を殺したと考えるのが、一番筋が通る。

「まず、富士見屋さんで確かめてからだね」

雀はそういうと、廊下側の夜具に潜り込んだ。

「早出をしなきゃならないから、もう寝ましょう」

敷き布団から漂う藁のにおいを嗅《か》ぎながら、雀は目を閉じた。

半蔵と丈之介、彦三は雀の様子を見て、無言のまま燈台《とうだい》の灯《あか》りを消した。

目を閉じたものの雀の心は騒いで、障子の向こうがうっすらと青く染まるまで一睡もできないままだった。

三

雀たちは山中を江戸に急いだ。できるだけ早く着きたかったので、来たときよりも楽な裏道を半蔵は選んだ。

木地師や鉄山師、諸国を渡り歩く踏鞴《たたら》衆などが使う道で、人がすれ違えるほどの幅はある。それでも、腰まで水に浸《つ》かって境川を渡った所で日が暮れた。

裸になっての渡河であったから、着物は濡《ぬ》れずにすんだが、日が落ちて急に気温が下がり、川の水で冷え切った体は震えが止まらなくなった。

辺りが完全に闇に包まれる前に、野営地を決めて落ち葉を掻き集めた。

「半蔵さん。火を焚きましょう。これでは雀姐さんが風邪をひきます」

彦三が言う。

「駄目だ」

半蔵の言葉は素っ気なかった。

「今まで襲撃はなかったのだ」丈之介が言った。

「もう火を焚いてもよかろう」

「前に言ったろう。透波っていうのは、こっちが油断した時に涌いて出るんだよ」

「あたしは大丈夫です。戸塚さま、彦さん。落ち葉にくるまっているうちに暖まってきますよ」雀は明るく言う。

「その前に、ちょっと用足し」

と、雀は三人から離れた。

右側の笹が音を立てた。

掌《てのひら》が雀の口を覆い、ぐいと体を引っ張られた。

全身の血が凍りつく。抗《あらが》おうにも、驚きのあまり体が動かない。

男の腕が強い力で雀を抱き締めて、笹の中に座り込む。

「静かにしろ」

耳元で男の声が言った。

雀は目を見開いたまま、がくがくと肯いた。

「怖がるんじゃねぇよ。十軒店の長兵衛だ」

雀ははっとして首をねじ曲げて背後の男を見上げる。

闇の中にぼんやりと白く、長兵衛の顔が見えた。全身から力が抜ける。危うく失禁しそうになったが、必死に堪えた。

笹の向こうに落ち葉に潜り込む半蔵と彦三が見えた。

突然、彦三が落ち葉をはね除《の》けて跳び上がり、近くの木によじ登った。

「葉っぱが密になっている所まで登れ！」

半蔵が、叫びざま起きあがり腰の道中差を抜いた。丈之介も同様に立って脇差《わきざし》を抜く。

二人の周囲の木々の中から、黒い人影が躍り出た。その数四つ。黒装束に黒覆面である。

「雀！」半蔵が叫ぶ。

「無事か！」

「大丈夫でござんすよ」長兵衛が笹の中から返す。

「ご存分にどうぞ」

「長兵衛か！」丈之介が言う。

「なぜここにいる？」

「お奉行さまのご命令で」

長兵衛が答えた時、四人の黒装束は一斉に短い打刀を抜き、半蔵と丈之介に斬《き》りかかった。

闇の中に火花が散る。

「殺すなよ！」

戦いの外から声が上がり、旅装の侍が躍り出て、一人の黒装束の背中に兜割《かぶとわり》を打ち下ろした。黒装束は棒のように昏倒《こんとう》した。

「望月《もちづき》！　お前もいたのか！」

丈之介は黒装束の打刀を弾《はじ》き上げ、がらあきになった胴に脇差の峰を叩《たた》き込んだ。体をくの字に曲げた黒装束の首筋を、もう一度峰で打つ。黒装束は丈之介の足元に転がる。

半蔵は脇差で二人の黒装束の相手をしていた。

「さて、お前ぇたち二人になったぜ。どうする？」

左右から断続的に襲いかかる切っ先をかわしながら、半蔵は笑みを浮かべた。

丈之介と辰之新《たつのしん》が黒装束の背後に回った。

「望月」半蔵が二人に斬り込みながら訊く。

「殺すなとはどういうこった？」

「お奉行が生かして江戸へ連れてこいと仰《おお》せられた」

「それで、お前と長兵衛がおれたちを追いかけて来たのかい。おれを囮《おとり》にこいつらを誘《おび》き出したというわけだ」

「そういうことだ——。さぁ、残り二人。話を聞く気があれば刀を収めよ」

辰之新は言ったが、二人の黒装束は執拗《しつよう》に半蔵に攻撃を繰り返す。

半蔵は相手の刃を弾き返し、時に鋭い打ち込みをみまいながらも、余裕の笑みを浮かべたままであった。

雀は笹の中で長兵衛に抱きすくめられながら、その様子を見つめていた。今まで感じたことがないほど心の臓が激しく打っている。

「仕方がないな」

辰之新は丈之介と肯き合うと、黒装束の後ろから斬りかかった。

丈之介の峰が一人の黒装束の背中を打った。

辰之新の兜割が、もう一人の黒装束の脾腹《ひばら》に炸裂《さくれつ》する直前、半蔵が飛び込んだ。

黒装束の鳩尾《みずおち》に半蔵の拳《こぶし》が叩き込まれた。

崩れ落ちる黒装束を、半蔵が抱き留める。

「おそらくこいつが頭目だ」

丈之介と辰之新が倒れた黒装束を細引きで縛り上げる。

雀は長兵衛に抱きかかえられるようにして笹の中から出る。脚《あし》が震えてちゃんと歩けなかった。

彦三が木の上から下りてきた。

「戸《と》塚《つか》さまって、凄《すげ》ぇ腕をしてらっしゃるんですね」

と感心したように言った。

「御出座御帳掛同心《ごしゆつざごちようがけ》では宝の持ち腐れだがな」

辰之新が言ってにやりと笑った。

丈之介はぶすっとした顔で刀を収めた。

「この人たち、何者なんです?」

雀が震える声で訊いた。

「今、確かめる」

半蔵は、縛られた黒装束の後ろに回り、背中に膝《ひざ》を当てて活を入れる。

黒装束は「うっ」と声を上げて目覚めた。

彦三が懐中提灯《ちょうちん》を出して火を灯《とも》した。

「さて、面を拝ませてもらおうか」

半蔵は黒装束の覆面を剝《は》がした。

黒装束は顔を背けるが、蠟燭《ろうそく》のあかりに照らされたのは三十五、六ほどの痩《や》せた男であった。

「お前ぇも舌を嚙《か》むか？」

半蔵は右手で男の頰《ほお》を強く摑《つか》んだ。半蔵の指が男の頰の肉を挟みながら、上下の歯の間に差し込まれた。

男は口を開けたままの間抜けな面相で、半蔵を睨みつけた。

「お前ぇ、甲賀《こうか》の透波じゃねぇのか？」

半蔵が訊くと、男の表情が動いた。

「どうやら図星のようですよ」

雀が側にしゃがみこみながら言った。

「甲賀の透波がなぜお前を狙《ねら》ったのだ？」丈之介が言う。

「関《せき》ヶ原《はら》の戦において、山岡景友《やまおかかげとも》さまの手勢として功績を上げて、甲賀百人組として取り立てられたと聞いているが」

「甲賀の透波はそれだけじゃねぇんだよ。生き残るために、声が掛かればどの大名にも切り売りをしたんだ。東方の大名に雇われた者たち、西方の大名に雇われた者たちと様々なのさ。さしずめこいつらは、西方について雇い主を失ったんだろう。どうだ？」

頬を摑んだ手を揺すると、男は顔を歪《ゆが》めて目を逸《そ》らした。

「それも図星のようです」

雀が言う。

「次の雇い主を探しているうちに、おれが蟄居《ちっきょ》させられている屋敷を抜け出したことに気づいた。おれ――、服部《はっとり》半蔵の首を取って誰かに届ければ、徳川《とくがわ》家の透波として雇ってもらえると考えた」

男は目を逸らしたままである。

「今度は雀に教えられなくとも、答えは分かったぜ。こいつは服部半蔵の名を聞いても驚きもしなかった」

「それで――」丈之介が辰之新を見る。

「殺さずに江戸に連れてこいというお奉行の命には、どんな意図があるんだ？」

「お奉行はこの者たちを雇いたいと仰せられた」

辰之新の言葉に、半蔵と、半蔵に頰を摑まれている男が反応した。鋭い目で辰之新を見る。

「なんだって？」半蔵が片眉を上げた。

「おれを襲ったこいつらを雇いたいだと？」

辰之新はそれには答えず、半蔵の横にしゃがみ込んで男の頰からその手を外す。そして、男の顔を覗き込んだ。

「この話、興味があろう？」

「……ある」

「ならば話して聞かせるが、名前を知らぬとなにかと都合が悪い。おれは南組奉行所定廻《じょうまわ》り同心の望月辰之新だ」

「鎌掛《かいがけ》の鐵三郎《てつさぶろう》」

男はぼそりと答えた。

「近頃《ちかごろ》、世の中も焦臭《きなくさ》いが、城の外堀の内側も同じようなにおいがしておる。お奉行もそれなりの備えをしておかぬと、いつ足元を掬《すく》われるやもしれぬ」

「だからおれを雇ったんだろうが」

「お前にも手下は必要であろう」

「おれに手下？　服部半蔵に甲賀者の手下をつけようってのか？」

半蔵は呆《あき》れた顔をする。

「伊賀《いが》者の頭《かしら》に甲賀者の手下――。いかにもお奉行の考えそうな悪ふざけだ」

丈之介は小さく首を振った。

「土屋《つちや》は、こいつらが甲賀者であることを知っていたのか？」

半蔵が訊く。

「いや。『いずれの者たちかは知らぬが、どうせ食い詰めた透波であろう。透波ならば半蔵の下につけるのがよかろう』と仰せられた」

辰之新の答えに、半蔵は舌打ちした。

「どうだ、鐵三郎。土屋さまは江戸の南組奉行。いずれ、江戸は日の本の中心になる。お前たち四人にとって損はなかろう」

「甚五郎《じんごろう》の息子も雇ってもらえるか？」

鐵三郎は訊いた。

「まだ仲間がいたのか？」

「いや。甚五郎は舌を噛みきった仲間だ。甚五郎には家族がいる。息子を雇ってもらえれば、路頭に迷わんですむ」

「いいだろう。口添えしてやろう」言って辰之新は半蔵に顔を向ける。

「異存はないな？」

「あるって言えば、おれの方が手を切られかねねぇからな――。まぁ、甲賀者は雇い主に忠誠を尽くす。損はねぇだろうよ」

「よし。それでは鐵三郎。今からお前は南組奉行の土屋さまに雇われる。そして、服部半蔵の手下となるのだ。よいな」

「分かった」

　鐵三郎はゆっくりと肯いた。そして、真剣な眼差《まなざ》しで半蔵を見て「よろしくお頼み申す」と言った。

「嘘《うそ》はないようでございます」

　雀は辰之新を見た。

「よし」辰之新は鐵三郎の細引きを解いた。

「では鐵三郎。皆の縛《いまし》めを解いてやれ」

　鐵三郎は肯いて、縛り上げられて転がされている仲間の側に歩み寄り、一人一人、頬を叩いて目覚めさせた。そして、子細を話し自分についてくることを確認した上で細引きを解いた。

四人の黒装束が半蔵の前に蹲踞《そんきょ》した。

鐵三郎以外は、いずれも二十代の前半。精悍《せいかん》な顔つきをしている。そしてまっすぐ半蔵の目を見て名乗りを上げた。

「油日《あぶらひ》の貫治《かんじ》」

「阿星《あぼし》の磐助《いわすけ》」

「水口《みなくち》の次郎《じろう》」

「もう一人、甚五郎の息子は高畑《たかはた》の山彦《やまひこ》と申します」

鐵三郎は言った。

「よし」半蔵はそれぞれの顔を見渡しながら肯いた。

「それでは、初仕事を命じる。おれたちはいち早く江戸に戻らなきゃならねぇ。交代で雀を負ぶえ」

「えっ?」雀は驚いて声を上げる。

「わたしは一人で歩けます」

「明日の朝までに扇屋に着きたい」辰之新が言う。

「素直に半蔵の言うことを聞け」

「はい……」

「わたしは駒木野の木賃宿にいる家族らを率いて江戸に向かいます」

鐵三郎が言った。

「家族は何人だ？」

丈之介が訊いた。

「高畑の山彦の家族まで入れて二十三人でございます」

「それはまた、大勢だな――。着くまでに家を見つけておいてやろう」

「ありがとうございます。それでは江戸で」

鐵三郎は一礼すると森の中に駆け込んだ。

「雀姐さんを負ぶうなら、おれが――」

言った彦三を押しのけて、水口の次郎が雀の前にしゃがみ込んだ。

「まずはわたしの背に」

「はい……」

雀は怖々と次郎の背中に乗った。

第四章

一

　半蔵《はんぞう》と二人の甲賀者《こうか》、油日《あぶらひ》の貫治《かんじ》、阿星《あぼし》の磐助《いわすけ》は、下生えの笹《ささ》をものともせず、倒木を飛び越え立ちふさがる木を見事にかわして飛ぶように山中を走る。雀《すずめ》を負ぶった次郎《じろう》もまた、遅れずに駆ける。丈之介《じょうのすけ》と辰之新《たつのしん》はなんとか透波《すっぱ》たちについていったが、彦三《ひこざ》の息はすぐに上がった。三つ目の谷を越えたところで、ついに彦三は貫治に負ぶわれることになった。

　次郎はできるだけ揺さぶらないように心がけていたようだが、雀は目が回り吐き気をもよおした。現代で言うところの車酔いと同じ症状である。この時代でも早駕籠《はやかご》に乗る者はひどく酔ったという。

　雀は必死に堪《こら》えたが、七つ目の谷を越える所でついに気を失った。

＊

＊

東の空が薄明るくなった頃《ころ》、雀たちは江戸に着いた。

雀が揺り起こされたのは扇屋《おうぎや》の前。後朝《きぬぎぬ》の別れにはまだ早く、見世《みせ》は蔀《しとみ》を下ろして寝静まっていた。

その時には、雀は阿星の磐助の背中にいた。何度か負ぶい手が交代したのはぼんやりと覚えていた。

彦三は青い顔をして水口《みなくち》の次郎の背中から下りた。

丈之介や辰之新、半蔵、甲賀の透波二人の姿はない。おそらく南組奉行所へ赴《おもむ》いたのだろうと雀は思った。

「我らはお奉行に挨拶《あいさつ》をして参る。五位鷺太夫《ごいさぎだゆう》の推当《おしあて》が整ったならば報《しら》せをくれとの半蔵さまの仰《おお》せだ」

磐助は次郎と共に駆け出す。険しい山中を一晩中駆けてきたとは思えない速さであった。

雀と彦三は勝手口に回り、板塀の通用口をほとほとと叩《たた》く。小者《こもの》たちはすでに起きていて、女郎らの朝餉《あさげ》や風呂《ふろ》の用意をしている刻限であった。

「雀です。今、帰りました」

何度か声をかけると、通用口の扉が開いて、扇屋でも一番若い小女《こおんな》、みのが顔を出した。

「おかえりなさい。雀さん。彦三さん」

みのは嬉《うれ》しそうな顔をして二人を塀の中に招き入れる。

「あら、ひどいにおい」

みのは、眉《まゆ》をひそめて二人を見た。

雀は自分の体を見て顔をしかめた。

土埃《つちぼこり》をかぶり、肩口や胸元に、戻した物の汚れがあった。酔って吐いてしまったのだと気付き、負ぶってくれた甲賀者たちの背中も汚してしまったのだろうと、申し訳なく思った。彦三にも同様の汚れがあった。

「まず、お風呂に入って。着替えはあたしが用意しておいてあげる」

みのは雀と彦三の背中を押す。

「太夫は？」

雀は訊《き》く。

「昨夜はどこかのお大名のお相手。まだ白河夜船《しらかわよぶね》よ」

みのは二人を風呂場に導きながら答えた。

扇屋の風呂場は裏庭にあった。母屋とは屋根付の渡り廊下で繋《つな》がっている。風呂場の裏手から釜焚《かまた》きの甚三郎《じんざぶろう》が顔を出した。白髪頭《しらがあたま》の老人である。

「よぉ。酷《ひで》え格好だな」

前歯の抜けた口を開けて甚三郎は笑い、二人に手拭《てぬぐ》いと糠袋《ぬかぶくろ》を渡した。身上《しんしょう》を潰《つぶ》して扇屋の釜焚きになった元御大尽《おだいじん》である。昔日の偉そうな態度は微塵《みじん》もない。

この時代、風呂と言えばまだ蒸し風呂が多かった。戸棚風呂という形式である。足湯をする浅い湯船に湯を満たして、その湯気で体を蒸し、汚れを落とすのである。扇屋の風呂には、戸棚風呂よりもう少し深い湯船があった。一晩に何人もの男の相手をしなければならない下級女郎たちが、そのたびに身を清めるためには湯があると好都合だったからである。

雀は脱衣場で着物を脱ぐ。彦三は隅《すみ》でもじもじしている。

混浴は珍しいことではない。扇屋でも小者は男女一緒になって風呂を使ったが、彦三だけは一番最後に一人でこっそりと入っているのを雀は知っていた。

「彦さん。恥ずかしがっている暇はないよ」

雀はさっさと全裸になって洗い場に入った。

「はい……」

彦三はのろのろと着物を脱ぐ。

洗い場と湯殿は板壁で隔てられていた。湯気を逃がさない工夫である。後に屈《かが》んで出入りする〈ざくろ口〉というものができるが、この頃はまだ引き戸である。

雀は戸を少し開けて桶《おけ》で湯船から湯を汲《く》むと、体にかけて糠袋で体の汚れを落とす。

富士見屋《ふじみや》にいるそめ――。それはいったい誰《だれ》なのか？　富士見屋の女郎はほとんど知っている。しかし源氏名《げんじな》は知っていても本名や生国《しょうごく》は知らない。

白嶺村《しらね》の信八《しんぱち》は、そめは十五、六年前に、六、七歳で売られたと言った。ということは、そめは今、二十代の前半。

もう年増《としま》と言われる年である。二十五を越えれば大年増――。はたして今でも富士見屋にいるだろうか。

女郎は年季が明ける前に病で死ぬ者も多い。色々な理由で傾城屋《けいせい》を追い出され、町角に立って客を取るようになる者もいる。

僥倖《ぎょうこう》があれば、身請《みう》けされて当たり前の暮らしができる者もいる。

そめは富士見屋にいなかった――。そうなって欲しいと雀は思った。

しかし、今までの流れからすれば、そめは必ず富士見屋にいる。身を売られた恨みを親殺しで晴らす。殺した娘は、首を晒《さら》される。それはあまりにも悲惨《ひさん》な話である。

自分と五位鷺の推当は、これから娘の命を無惨に奪うことになるかもしれない。

こんなことに首を突っ込むんじゃなかった――。

雀の胸中に後悔の念が浮かぶ。

その思いを振り払うように、雀は乱暴に糠袋と手拭いの水を絞ると、洗い場を出た。

視野の隅を雀の白い裸体が通り過ぎて行くのを見て、彦三はほっと溜息《ためいき》をつき、体の一部が痛いほどに屹立《きつりつ》しているのを恥じながら、急いで体を洗い始めた。

二

五位鷺は煙管《きせる》を吹かしながら、冷たい目で雀を見る。

「長旅をしてきたくせに、こざっぱりした格好をしているやないか」

五位鷺の左右に座った鮎汲《あゆくみ》と夏蚕《なつご》は心配そうに、太夫の横顔と雀の顔を窺《うかが》い見る。

「汚い格好のままでも、まずは太夫にご報告をと思っておりましたが、到着したのが後朝の別れの前でございましたので、体を拭《ふ》かせていただきました」

　雀は涼しい顔で返した。

　二人の禿《かむろ》はにっと笑った。

「ふん。そうかい」五位鷺は火皿の灰を捨てる。

「それじゃあ、聞かせてもらおうか」

「はい――」

　雀は旅で聞き込んだことを子細漏《も》らさず語った。

「――富士見屋のそめかい」

　五位鷺は眉間《みけん》に浅い皺《しわ》を寄せる。

「ご存じでございますか？」

「知っている」

「誰がそめなのでございます？」

　雀のその問いには答えずに、五位鷺は鮎汲と夏蚕に顔を向けた。

「文机《ふづくえ》を」

「あい」

　二人の禿は座敷の窓際に置かれた文机を五位鷺の前に運んだ。

五位鷺はゆっくりと墨を擦《す》り、巻紙を取ってなにやら書き始めた。

雀はだまってその様子を見つめていた。

富士見屋のそめに文を書いているのだろうか？　もしかすると、逃亡を促す内容なのかも知れない。そう思った瞬間、雀の心の中に希望のあかりが灯《とも》った。

しかし——。

五位鷺は文を書き終えると、それを奉書紙で包み、夏蚕に渡した。

「南組のお奉行に届けて来《き》い」

雀はがっかりした。五位鷺には磐助から『推当が整ったならば報せをくれ』と土屋《つちや》さまが言っていたことも話したから、文は推当が整った旨《むね》を報せるものであったのだろう。

五位鷺はそめを獄門《ごくもん》に送るつもりなのだ。

どんな理由があろうと、法は法。

それは真っ当な考え方だが、しかし——。

雀は唇を噛《か》んだ。

だが——。

その日、いつまでたっても土屋らが現れることはなかった。夜見世の客を迎える直

前、雀は五位鷺に「お奉行さまたちはどうしたのでしょう？」と聞いたが、五位鷺は、

「今日は来いへんで」

と言って、意味ありげな微笑を浮かべるのだった。

三

雀が旅から帰って二日が経《た》った。

五位鷺の朝餉を運ぶ雀が内証《ないしょう》を通りかかると、楼主《ろうしゅ》の寛兵衛《かんべえ》が声をかけてきた。

「雀。寄合《よりあい》の給仕をせよと、土屋さまから直々《じきじき》にお知らせがあった。用意をしておくれ」

「いつでございます？」

雀は階段に片脚《かたあし》をかけたまま訊いた。

「それが急なのだ。今日の昼にはお屋敷に来て欲しいとのことだ」

「お屋敷とは——。土屋さまのお屋敷でございますか？」

土屋の屋敷とはつまり南組奉行所である。ほかの寄合衆の屋敷よりずっと小さい。

土屋には失礼だが、そんな所で寄合が開かれるものだろうかと雀は思った。

「給仕は太夫とお前だけで、格子《こうし》はよこさなくていいとのこと。これは太夫も知っているると文にはあったが給仕が二人だけでは仕事にならない――。お前はなにか聞いているかい？　ほかの傾城屋からも女郎が呼ばれるのかね」

寛兵衛は困惑顔である。

あの文だ――。雀は思った。

「いえ。なにも存じませんが――。太夫から聞いて、用意を整えます」

雀は急いで階段を上った。

雀は朝餉を摂《と》る五位鷺に、色々と問いただしたが「お前は黙って支度をすればええんや」と答えるばかりであった。

＊　　＊

昼少し前。五位鷺と雀は、彦三だけを供にして、外堀の内側、馬場先堀《ばばさきぼり》近くの土屋の屋敷に向かった。

馬場先堀の畔《ほとり》にも町屋が建ち並んでいたが、道三堀《どうさんぼり》と同様、建物の撤去が行われている。

土屋の屋敷に着くと、雀と五位鷺は奥まった座敷に通され、彦三は庭に控えた。座敷にはほかの女郎たちの姿はない。

これは寄合ではないね――。雀はすぐに悟った。そして座敷の隅に座る。

戸塚《とつか》丈之介と望月《もちづき》辰之新が現れて、下座に座る。十軒店《じっけんだな》の長兵衛《ちょうべえ》が庭に入って彦三の隣に控えた。

丈之介は心配げに雀を見ると、

「先日はご苦労だったな。体を壊してはいないか？」

と訊いた。

「お陰さまで、元気でございます」

雀はにっこりと笑って見せた。

『そうか』

と土屋の声が襖《ふすま》の向こう側から聞こえた。

「お奉行さま？」

雀は襖に顔を向けた。

『太夫が面白いことを申してな』笑いを含んだ声である。

『奉行がその場にいては、うまくことを運べぬから、いないことにしてくれという。

だからわたしはいないと思うてくれ』

「承知いたしました」

雀は五位鷺の顔を窺ったが、その表情からはなにも読みとれない。

五位鷺は、そめの正体を知っていた。そしてあたしはそめの正体を知らなかった――。

そうか。自分だけが知っていることであたしの優位に立ち、お奉行さまたちの前で、いいところを見せようという魂胆《こんたん》なのだ。

太夫、ずるい――。

雀は五位鷺を睨《にら》む。

五位鷺は雀の顔からその心内《こころうち》を読んだようで、嫌《いや》らしく顔を歪《ゆが》めてにんまりと笑った。

廊下に足音が聞こえた。

三つ――。三人が廊下を進んでくる。

一つは大人の女。二つは子供――。禿か。

雀ははっとして廊下に顔を向けた。

障子に三つの影が動き、地無し――下地の布が見えないほどに刺繍《ししゅう》や摺箔《すりはく》で覆われた、煌《きら》びやかな小袖を纏《まと》った女郎と禿が二人現れた。禿は麻に藍《あい》で山水を描いた夏の帷子《かたびら》を着ている。色は地味だが、茶屋染《ちゃやぞめ》――、最高級の染め物のようであった。

女郎の髪は唐輪《からわ》髷《まげ》。目元涼しく、凛《りん》として美しい面立ちであった。

雀はその女郎を見知っていた。

江戸の三大美人の一人、浅沙《あさざ》太夫である。

浅沙太夫が――そめであったのか？

確かに年の頃は二十代の前半。

それとも――。そめは別にいて、浅沙の力を借りてこの件を解決するつもりなのだろうか？

いやいや、五位鷺のことだ。浅沙がそめと知って、三大美人の一人を葬ることが出来ると考え、嬉々《きき》としてこの場を設けたのかもしれない。

雀がそんなことを考えていると、浅沙は座敷の入り口で立ち止まり、上座の五位鷺をじっと見つめた。

「これは、五位鷺太夫。ご一緒できるとは喜ばしいかぎり」

浅沙は優雅に軽く膝《ひざ》を折って一礼した。

「これにお座りなんせ」

五位鷺は手にした扇で自分の前を指した。

浅沙は微笑を浮かべつつも、五位鷺の言葉を無視してその隣に座った。二人の禿は表情を変えずにその左右を挟むようにして座った。

雀は肝《きも》が冷える思いで、成り行きを見守る。

五位鷺はまっすぐ前を向いたまま、

「これでは話がし辛《づろ》おすな」

と言った。

浅沙も五位鷺の方は見ずに、

「給仕として招かれましたゆえ、太夫とはこれといって話をすることもなかろうかと」

と答える。

五位鷺は浅沙の方に首を曲げ、禿を見た。

「これ、禿。名はなんという？」

「若蘆《わかあし》でござります」

右の禿が言う。

「残花《ざんか》でござります」

左の禿が言った。

「散り残った桜か」五位鷺の片眉が上がった。

「禿には似つかわしくない名だな。誰がつけた?」

「わたくしでござります」残花は前を向いたまま答えた。

「兄妹姉妹、すべて死に、わたくしばかりが残りましたゆえ」

雀はなるほどと思った。

浅沙は哀れな身の上の娘の面倒をよくみて、優れた女郎に育てるという。残花もその一人なのだろう——。

「浅沙太夫。お手前の生国は相模《さがみ》であろう?」

五位鷺のその問いに、雀はどきりとした。さっと浅沙の表情を見る。

「さて、生国を離れたのは遠い遠い昔でございますゆえ、覚えてはおりませぬなぁ」

浅沙は表情を動かさずに答えた。

「生まれは相模国津久井《つくい》郡の白嶺村。父親は留松《とめまつ》。本当の名前はそめ。六、七歳の頃、日野《ひの》の美富士屋《みふじや》へ売られた。その時の源氏名《げんじな》が夕顔《ゆうがお》。そして、夕顔は、美富士屋の江戸出店の富士見屋へ移り、浅沙と名を変えた——。お手前が日野から移ってきたこと。日野にいた頃は夕顔と名乗っていたことは、ずいぶん前から知っておりんす」

「ああ。お陰さまで思い出しましてございます」

浅沙は静かに微笑《ほほえ》んで軽く会釈をした。

丈之介と辰之新がちらりと目配せして肯《うなず》き合う。

相模屋殺しはこれで解決だと思ったようだ。

しかし、雀はここから先、五位鷺がどういう推当を披露し、どう解決するつもりなのかが気になり、固唾《かたず》を飲んで二人の太夫を見つめた。

「人を出して――」

五位鷺の言葉に、自分が白嶺村まで調べに出かけたことを言うのだと雀は思った。

「飛脚屋を調べんした」

え――？　そんな話は聞いていない。

五位鷺が雀に視線を送り、にやりと笑う。

あたしが留守のうちに調べたんだ。そして、それを教えてくれなかった――。

ずるい！

雀は五位鷺を睨《にら》む。

「大伝馬町《おおでんまちよう》、相模屋の近くの飛脚屋が、相模屋の旦那《だんな》からの手紙を預かり、富士見屋の浅沙太夫に届けたということが分かりんした。相模屋さんが殺《あや》められる数日前でごれる機会があったのに――。」

ざりんす。太夫はすぐに返事を書き、飛脚に預けた」

ずるい！　ずるい！　あたしが旅から帰って今日までの間に、いくらでも話してくれる機会があったのに――。

あたしは、大変な思いをして聞き込んできたことを全部報せたのに――。

ずるい！　ずるい！　ずるい！

雀は悔しさに唇《くちびる》を嚙んだ。

五位鷺は勝ち誇ったような顔で雀を見た後、同じ表情のまま浅沙の方を向いた。

「太夫。相模屋さんが殺められた夜。お客はありんしたか？」

その問いに、浅沙の顔がゆっくりと五位鷺を向く。二人の視線が絡《から》み合った。

雀の頭は凄《すさ》まじい速さで回転する。

相模屋さんはおそらく、富士見屋の浅沙太夫が自分の娘のそめであることをどこかで知った。相模屋さんは娘に会いたいと思い、浅沙太夫に文を書いた。太夫は会う日を決めて相模屋さんに文を返し、富士見屋の楼主に話をつけて、あの晩の客を断った――。

そうだったとすれば、すべての糸が繋がる。

だが――。

雀にはどうしても引っ掛かることがあった。

浅沙は父を殺したいほど憎んでいたのだろうかということである。

娘が売られる理由は、貧困である。子供の頃ならば恨みもしようが、しだいにそれがどうしようもないことであったことを理解するようになる。

太夫になるには、美貌《びぼう》のほかにも様々な〝才〟が必要になる。歌舞音曲《かぶおんぎょく》に通じ、和歌、漢詩を詠《よ》み、世情、政《まつりごと》のことにも詳しくなければならない。それらを身につけて太夫にまで上り詰めた女が、世の理を理解できないわけはない。

そんな女が、自分を売った親を殺したいほど憎み続けるということがあるだろうか
――?

「答え辛《づら》ければ富士見屋の楼主をここに呼んで問いただし――」

五位鷺の言葉を遮るように浅沙が答えた。

「お客はございませんでした」

五位鷺は満足したように、大きく一つ肯いた。

「すべて、お話しなんし」

五位鷺が言うと、浅沙はすっと視線を外して畳を見つめた。

「話さずともお分かりでございましょう。相模屋さんから会って話がしたいという文

が来て、それならば会いましょうと文を返し、あの晩に会う約束をいたしました。わたしを苦界に売り飛ばした父を許すことができなかったわたしは、帰り道に後を追って、一石橋《いちこく》で先回りをし、短刀で殺めました」

浅沙の告白に、丈之介と辰之新は立ち上がろうとした。

「お待ちくださいまし」

雀が口を挟んだ。

二人の同心は雀を見て、座り直す。

五位鷺は怖い顔をして小さく舌打ちする。

「雀！　余計な口出しをするんやない！　今、ええところなんや！」

「いえ。口出しさせていただきます！　浅沙太夫は嘘《うそ》を言って御座《おわ》します」

「嘘などは申しておりません」

浅沙はじっと雀の目を見つめて答えた。

肝を据えて嘘を突き通そうとしているのだと雀は思った。

そうまでして守ろうとしているのは誰だ？

浅沙のいい人か？

恩義のある人か？

名のある大名か？

親殺しが大罪であることは誰でも知っている。誰かが浅沙に罪を被《かぶ》ってくれるよう頼んだとすれば、その者は浅沙が獄門になると知りながら依頼したということになる。

そんな奴は許せない。

浅沙の嘘を暴き、本当の犯人を引きずり出してやる。

嘘を誘導し、嘘に嘘を重ねさせることで、ぼろを出させる――。

「では、嘘なく答えていただきましょう。太夫はどのようにして相模屋さんを追いましたか？」

「気づかれないように、少し間を空けて後をつけました」

「相模屋さんは提灯《ちょうちん》を持って御座しませんでしたね」

「お勧めしたのですが、目立たぬようにと仰せられて」

「あの晩、相模屋さんを見た人たちは口を揃《そろ》えて酔って御座したと仰せでしたが、どのくらいお飲みになったので？」

この問いに答えるまでに、わずかな間があった。

「さて、銚釐《ちろり》を二つ、三つでございましたでしょうか」

「殺すほど憎んでいた父親と杯《さかずき》を酌み交わしたのでございますか？」

「酒を飲ませて油断させたのでございますよ」答えた浅沙の口元には笑みが浮かんでいる。

「提灯の話が途中だったのでは？」

浅沙太夫は、あたしがわざと相模屋さんが酔っていた話を挟み込んだと気づき、次の問を誘導している。うまく引っ掛かったか、あたしの裏をかくつもりか——。

雀は平然を装い、

「左様でございました。闇夜《やみよ》で提灯も持たぬ人を追うのは難しゅうございます。どれほどの間を空けて追ったのでございましょう？」

「相模屋さんは酔っておいででしたので、二間（約三・六メートル）ほど離れただけで、こちらにはまったく気がついた様子はございませんでした」

ひっかかった！

雀は嬉しくなったが、顔には表さず問いを続ける。

「歩いた道順は？」

「さて。暗うございましたから、ようは覚えておりませんが、途中で一石橋を渡り、大伝馬町へ戻るつもりだと分かりましたので、後ろを離れて先回りをしました」

「相模屋さんが一石橋を渡るつもりだと気づいたのはどこでございます？」

「大工町《だいくちょう》の辺りでございましたでしょうか」

「それで、先回りして、どこで隠れていたのですか？」

「一石橋の北詰に身を隠しました。そして、呉服町《ごふくちょう》の方から相模屋さんが来るのが見えましたので、小走りで近づき、短刀で一刺しいたしました」

「短刀は？」

「富士見屋に戻る途中、中橋から捨てました」

雀は微笑みながら、ことさらにゆっくりと言った。

「奇妙でございますね」

浅沙の顔に緊張の色が浮かんだ。

なにを間違えたのか必死で考えているのだ。

「相模屋さんは路地から路地を歩き、一石橋へ向かいました。その時、何人かの者が相模屋さんを見たことは、さっき話しました。しかし、その後ろをついていった太夫の姿を見た者はございません。また、一石橋の北詰には饂飩《うどん》屋がいて、相模屋さんが刺された前後を見ておりますが、その時橋の上には相模屋さんしかいなかったと申しております」

「左様でございますか――」

雀の言葉は浅沙の予想の範囲内であったのだろう。落ち着いた声で答えた。

「しかし、わたしは確かに相模屋さんの後を追いましたし、一石橋で先回りをして短刀で刺しました」

そう言い通せば、話は平行線。なるほどそういう手で来るか。それでは、こちらは畳《たた》みかけるか——。

雀は背筋を伸ばして詰めに入る。

「黒装束《くろしょうぞく》の者が相模屋さんを殺めたのか、槍《やり》を使ったかなどと、色々と推当ててみましたが、今わたしは、饂飩屋の言葉通り、橋の上には相模屋さんしかいなかったのだと思っています」

「どういうことや？」

五位鷺が鋭く訊いた。

「相模屋さんは富士見屋で刺されたのでございます。相模屋さんの傷は浅く、そこで命を落とすことはなかった。そして刺した者を庇《かば》って、相模屋さんは富士見屋を出た。できるだけ人に見られないようにと路地から路地を歩いた。刺し傷は、刺した物が傷口を塞《ふさ》いでいるうちは、ひどく出血しません。しかし、お腹《なか》の中に血が溜《た》まり、しだいに苦しくなって行きます。相模屋さんが千鳥足に見えたのはそのせいです」

「相模屋は――」

五位鷺が口を挟む。

話の主導権を奪おうと、早口でまくしたてる。

「一石橋まで来て、辻斬りに襲われたよう演じて、相模屋は短刀を深く刺し、自分にとどめを刺して、最後の力でそれを抜き、川に捨てると同時に自らも欄干《らんかん》を越えて落ちた――」

雀は話を取り返す。

「浅沙太夫は自らが相模屋さんを刺したと白状なさいました。それが本当ならば、なにも嘘をつくことはありません。しかし、目撃した人々の話を否定し、相模屋さんの後を尾行《つけ》たなどと言い張っています。最初に、富士見屋で相模屋さんが刺されたことを隠そうとしたために、幾つもの嘘をつかなければならなくなったので話に綻《ほころ》びが出て、それを無理やり繕おうとしているのです。頭のいいお人に共通する悪い癖。自分の間違いを認めず頭のよさで切り抜けようとします」

雀は言葉を切って浅沙を見る。

浅沙は睨むように雀を見返している。

「浅沙太夫は誰かを庇っておいでですね。そのお方は親殺しが大罪であることをご存じでしょう。親殺しは市中を引廻《ひきまわ》しのうえ、獄門でございます——」

そこまで言ったところで、雀は浅沙が誰を庇っているのか悟った。

親殺しが大罪だと知らない者ならば、素直に浅沙に庇ってもらうことにするかもしれない。

雀は二人の禿を見た。

残花が目を大きく開き、雀を見返している。

「獄門とは、どういうことでございますか?」

残花は震える声で訊いた。

「首を斬られて晒されるんだよ」

雀の言葉に残花は悲鳴を上げた。

「そんな……。『わたしは父に酷い扱いを受けたのだから、お奉行さまも分かってくれる。きついお叱《しか》りを受けただけで、すぐに帰してもらえる』太夫はそう仰せられました!」

浅沙は腕を伸ばし、残花を抱き寄せる。

若蘆は青ざめた顔で唇を震わせながら二人を見ている。

浅沙は恨みに燃える目で雀を見た。

「あなたのような人が探索に加わっていることが分かっていれば、わたしがこの手で殺しておくのでした」

恐ろしいことを口にする浅沙の手は、しかし残花の背中を優しくさすっているのだった。

「残花が相模屋を？」

丈之介が訊いた。

「相模屋を殺したのはわたしでございます」

浅沙は唸《うな》るような声で言った。

「違います！」

残花は浅沙の腕をはね除けて、丈之介の前に走り、平伏した。

「太夫のお父《と》っつぁんを殺したのは、わたしでございます！」

「なぜだ？」

丈之介が困惑した顔で訊く。

「浅沙太夫」辰之新が言う。

「お前がすべて話してくれるのならば、残花を別の座敷へ連れて行こうか？　残花の口からは言えぬこともあろうし、思い出したくもないこともあろう」

浅沙は「お気遣いありがとうございます」と静かに頭を下げた。

辰之新は肯いて残花を立たせた。そして、

「若蘆。お前も来い」

と言って手招きした。

若蘆は残花に駆け寄り肩を抱いて、慰めながら座敷を出た。

「後は頼むぞ」

辰之新は雀と丈之介に言って禿たちを導きながら廊下に消えた。

三人の足音が聞こえなくなると、浅沙は口を開いた。

「残花は、父親に手込めにされました」

「なに……」丈之介は目を見開く。

「残花はまだ六、七歳であろう……」

「左様でございます。姉もまた、父親に手込めにされ子を孕《はら》んで、首をくくりました。母は後を追って自害。兄弟は虫の居所の悪かった父親に殴られて死にました。父は捕らえられ、死罪。残花は親戚《しんせき》に引き取られましたが、すぐに売られました」

「なんと……」

丈之介は絶句する。

「残花は父親というものに、強い嫌悪感を抱いておりました――」

四

相模屋久右衛門は、浅沙が文に書いた通り、戌《いぬ》の下刻《げこく》（午後九時頃）に富士見屋の通用口を潜《くぐ》った。迎えに出ていたのは若蘆。富士見屋の中は夜見世でごったがえしていたが、そのせいで勝手口から二階へ上る裏の階段には人の姿がなかった。

浅沙は己の部屋で相模屋を待っていた。〝月のもの〟が早く来たのでという理由で、今夜の客は断っていた。

親を強く恨んでいる残花は、用を言いつけて外に出していて、一刻（約二時間）は戻って来ない。自分が父親と親しく話をする姿は、残花をひどく傷つけるだろうという配慮であった。

「お客さまをお連れいたしました」

襖の外から若蘆の声がした。

浅沙の胸がどきりと高鳴った。

まるで小娘のようだと浅沙は思った。

長く離ればなれになっていた父と、久しぶりに会える。幼い頃に抱いていた恨みは、共感へと変わっていた。お互いに生き辛い世を生き延びてきたのだ――。

襖が開いた。

老いた父が立っていた。村にいた頃とは見違えるほどのいい着物を纏っていたが、まぎれもなく、父であった。

父の文には、『身請けをして娘として迎えたい』と書かれていた。それは望外の幸せであった。

父の元に還り、父の娘として暮らせる。

苦界での十数年など、一日二日で取り戻せるだろうと思った。禿の若蘆と残花は、自分が溜めていた金で身請けしてやろう。わたしの娘として育てるのだ――。

「そめ――。苦労をかけてすまなかった」

相模屋は入り口に突っ立ったまま言った。目に大粒の涙が浮かび上がり、こぼれ落ちた。

浅沙は泣き笑いの顔で立ち上がる。その表情は、富士見屋の浅沙太夫ではなく、留松の娘そめのものになっていた。

相模屋は二歩、三歩、座敷に歩み入る。

その時だった。

「太夫を売ったのはお前か」

相模屋の後ろで、低く押し殺した声がした。

「あっ、駄目。残花！」

若蘆が小さく叫んだ。

驚いた相模屋は後ろを振り返った。

その背中が一瞬揺れた。

「お父っつぁん！」

浅沙は相模屋に駆け寄った。

相模屋は浅沙を振り返り、その肩に手を当てて優しく押し返す。

その腹に短刀が突き立っていた。

浅沙が贔屓《ひいき》筋《すじ》から貰《もら》った物であった。

「あっ……」

浅沙は相模屋の背後に目をやる。

残花が畳にへたり込み、若蘆がその肩を抱くようにして途方に暮れた目を浅沙に向けていた。残花は「思い知ったか……。思い知ったか……」という言葉を繰り返し呟《つぶや》いていた。

残花は、父が来ることを知っていたのだ。文を盗み見たのか——。

そして、短刀を盗み、わたしの言いつけに従うふりをして、父が来るのを待った——。

「残花……」

なんてことをしたのだという言葉は言えなかった。

残花は、わたしの仇《かたき》を討ったつもりなのだ——。

相模屋は右手で浅沙の手を強く握り、その頰《ほお》に左手を添えて自分の顔の方へ向けた。

「心配するな、そめ。深手ではない。どこかで辻斬りにやられたことにしよう。ここで誰かを呼べば、お前を不幸にした上に、この子まで不幸にすることになる。なにがあっても、知らぬ存ぜぬを通せよ」

相模屋はにっこりと笑うと、若蘆に抱き締められている残花の頭を撫《な》でると、しっかりした足取りで廊下に出て、襖を閉めた。

＊　　＊

「あの時は父が死ぬとは思いませんでした。父もそう思ったことでございましょう。しかし、歩いているうちに、思いの外深手であったことに気づいたのでしょう。そこで、辻斬りにやられて死ぬという筋書きを実行したのでございましょう」

雀は、己の死の演出を考えながら夜の裏路地を歩く相模屋を想像し、切なくなった。娘を身請けして一緒に暮らすという幸せは、実現できそうにない。しかし、自分の死は娘を守り、幼い禿を守ることにもなる。

相模屋は、満足しながら日本橋川に落ちて行ったに違いない。

「雀――」

五位鷺が言った。雀ははっとして五位鷺に顔を向けた。今まで見たこともないような目で、雀を見つめている。それは、憐《あわ》れみの眼差《まなざ》しであった。

「お前は頭のいい者は自分の間違いを認めず頭のよさで切り抜けようとする悪い癖があると言った。自分は頭がいいと思っている奴にはまだまだ悪い癖がある。後先も考えず、自分が辿り着いた真実を相手に突きつけるんや。どうや、自分はこんなに頭がええんやでってな」

その言葉は雀の胸にぐさりと刺さった。

「よかったな、雀。お前の手柄で残花は死罪となる。市中引廻しや獄門は免《まぬが》れるだろうが、冷たい刃が残花の細首を斬り落とすんや。その後は無縁墓に放《ほう》り込まれるか、刀の試し斬りに使われるか――。知っとるか？　罪人の墓は浅いから、野犬が掘り出して死体を食い荒らすんやで。ほれ、ほれ、雀。臓腑《ぞうふ》を引きずり出されむさぼり食われる残花の骸《むくろ》を、ありありと頭に描いてみい。それは全部、お前のせいなんや」

雀は胸の苦しさを感じた。いくら息を吸っても胸が痛むばかりで、楽にならない。鼻の奥が熱く痛くなる。必死に堪えても、涙が溢《あふ》れ出してきた。

五位鷺の言うとおりであった。

わたしが真実を暴いたせいで、残花は無惨な死を遂げることになった。

雀の中には、もとはといえば残花が悪いのだと叫ぶ自分がいる。自分は悪くないと手足をばたつかせている。

違う――。真実を暴くならば、別の不幸を引き寄せることも覚悟しておかなければならないのだ。そしてそれをすべて受けとめるだけの心構えをしておかなければならないのだ。

だけど……。だけど……。

雀はしゃくり上げた。

いい手はないかと考えようとするのだが、頭の中はただ真っ白な光に覆われているだけで、なにひとつ思いつかなかった。

「あたしは……。あたしは、どうすればよかったのですかぁ？」

雀は涙と鼻水でぐしゃぐしゃになった顔で叫ぶ。

五位鷺は怒った顔をして立ち上がった。そして足音も荒々しく廊下に出る。

少し離れた所で辰之新が「なにをするつもりだ？」と声を上げるのが聞こえた。

「残花を借りる」

五位鷺が答え、「やめてくださいまし！」という若蘆の声が響く。

荒々しい足音が戻って来る。

残花の襟首を摑んだ五位鷺は、座敷の真ん中で立ち止まった。投げ捨てるように残花を離す。残花は畳の上に倒れ込んだ。後を追ってきた若蘆が助け起こす。

辰之新は五位鷺がなにかしようとしたら止めようと思っているのだろう。半歩離れて成り行きを見守っている。

五位鷺は冷たい目で残花を見下ろし、言い放つ。

「襖の向こうのお方。茶番はこのくらいにいたしんしょう。相模屋を殺めたのは、やはり辻斬りでござりんした」

雀を始め、浅沙、残花、若蘆、二人の同心、庭に控える彦三、長兵衛も驚いて五位鷺を見た。

「そういうことで落着としとうおます。相模屋は浅沙と残花の幸せを願い、死んだのでござりんす。真実を明らかにするのは、死んでいった者の思いを踏みにじること。殺された者の家族の不幸は残りんすが、真実を明らかにしたことで幼い禿が無惨に刑死するとなれば、生涯苦いものを抱えることになりんしょう。やはり辻斬りの仕業であったということになれば、その者が捕らえられることになり、斬り殺されるなりすれば溜《りゅう》飲《いん》が下がるというもの。そして、先々のことを考えれば、襖の向こうのお方にとっても、ここでわっちや雀、浅沙太夫、扇屋、富士見屋に恩を売っておくのは、得策であろうと思いんすが、いかが？」

座敷と庭の者たちの目が襖に向いた。

しばらく間があって、笑いを含んだ声が聞こえた。

『結構。そのようにいたそう』

そして、襖の向こうを歩み去る足音が聞こえた。

五位鷺がさっと残花の方を向き、しゃがみ込む。そして両手でその襟首を摑み、ぐいっと引いた。

「ええか、残花。よっく覚えときや。お前は死ぬまで人を殺めた罪を背負って生きて行くんや。これは、死罪になって首を刎《は》ねられるよりも辛いで」

残花は怯《おび》えた目で五位鷺を見上げ、小さく肯いた。

「ここにいるみんなが、嘘をでっち上げるという罪を犯してお前の命を助けた。そして相模屋は、命を捨てて自分を刺したお前を助けようとしたんや。それを忘れるんやないで」

五位鷺は残花を突き放す。

畳に倒れた残花を、駆け寄った浅沙が抱き寄せた。そして、残花共々、深々と五位鷺に頭を下げた。

五

浅沙と二人の禿、残花と若蘆は元の道三河岸の桟橋から舟に乗り、何度も五位鷺に頭を下げながら富士見屋に戻って行った。

石段に立ち三人の乗る舟が外堀を右に曲がるのを見送った五位鷺は、「わっちらも帰ろうか」と言い、扇屋の舟に歩み寄る。

「太夫、お見事でございました」

雀は言った。

よく考えれば、この件を落着させたのは五位鷺だったが、その推当は大外れであった。それなのに、五位鷺は自分だけ美味《おい》しい所を持っていってしまった――。

そのことで五位鷺をからかおうという思いが、雀の中にないではなかったが、自分では思いもつかない取引をして、残花の命を救ったことを考えると、口に出かけた言葉は引っ込んでしまった。なにより、みっともない姿を見せてしまった自分を思えば、人をからかえるものではない。

「そのまま裁きが行われたとしても、残花は死罪にはならなかったはずや。残花は相模屋を傷つけただけ。死を選んだのは相模屋や。しかし、奉行はそういうことに触れず、こっちに恩を売るという形で手を打った。こちらが損に気づいていないと思えば、相手はこれさいわいと急いで取引に応じる。駆け引きっちゅうのはこういうふうにするもんや」

「太夫……。そんなこと言ってしまっていいんですか？」

雀はちらりと二人の同心を見た。丈之介と辰之新は少し困ったような顔をしている。

「この二人かて、奉行の弱みを知っておいた方がええやろ。謀《はかりごと》好きは本多《ほんだ》派や大久保《おおくぼ》派ばかりではないようやからな。なにか仕掛けられても取引材料があれば逃げ切れる」

「お奉行が我らを陥《おとし》いれるなどということはけっしてない」

丈之介がいきり立って言ったが、辰之新は無言のままあらぬ方を見つめていた。

終章

いつもと同じ朝がやってきた。

後朝《きぬぎぬ》の別れを終えた女郎たちは再び夜具に潜《もぐ》り込み、下女、下男たちは朝食や風呂《ふろ》の用意を始める。

台所には飯の炊《た》きあがるにおいや、汁物、焼き魚のいいにおいが漂っている。

数人の、三十路《みそじ》を過ぎた飯炊き女たちの中に交じって、雀《すずめ》は五位鷺《ごいさぎ》の粥《かゆ》の鉄鍋《てつなべ》をじっと見つめていた。

「ごめんよ」

威勢のいい男の声がして、勝手口の障子が開いた。

「誰《だれ》だい、あんた」

飯炊き女の中で一番年嵩《としかさ》の初音《はつね》が、尖《とが》った声で訊《き》いた。

「雀の知り合いだよ」

声が言うので、雀は振り向いた。

勝手口から顔を覗《のぞ》かせていたのは半蔵《はんぞう》であった。

半蔵は雀を見つけると、「よぉ」と手を上げた。その手にはなにやら文字が記された紙が握られていた。

雀は、鉄鍋の粥はまだ目を離していても大丈夫と判断して、半蔵に小走りに駆け寄った。

「お早うございます。半蔵さん。いつぞやはありがとうございました」

半蔵と会うのは白嶺《しらね》村の旅以来であった。

飯炊き女たちは半蔵が怪しい者ではないと知って、作業を再開した。

「今度、仲間と万屋《よろずや》を始めてな」

半蔵が言う。万屋とは、万の物――、様々な品物を扱う店のことである。

「万屋？　物売りをするのかい？」

「違うよ。そっちじゃねぇ。新しい商売だ。口入屋《くちいれや》と組んで、人手の足りない所の手助けをするのさ。いろいろと器用な奴らが仲間になったから万の仕事を請け負える。それで万屋さ。で、今回はこういうものを手伝った」

半蔵は紙を雀に渡した。

仲間とは、配下になった甲賀者《こうかもの》たちのことだろうと雀は思った。

渡された紙は読売《よみうり》であった。

【一石橋《いちこく》の辻斬《つじぎ》り】という見出しで、この頃《ごろ》市中を騒がせる辻斬りは浪人者の集団で、相模屋《さがみや》を殺したのもその者たちであろうという内容が書かれていた。最後に、去年、服部半蔵《はっとりはんぞう》が伊奈《いな》忠次《ただつぐ》の従者を殺したとして捕らえられたのも、実はその浪人たちの仕業かもしれないとつけ加えられていた。

読売屋を手伝う口実で、ちゃっかり自分の無実をほのめかしたということのようだった。

「万屋ねぇ――。その名前じゃ紛らわしいから〈お助け屋〉にでもしたら？」

「ふん。お助け屋か。なるほど、考えとくよ」

半蔵はまんざらでもなさそうな顔をした。

雀は顎《あご》に指を当ててもう一度読売に目を落とす。

「この浪人たちの正体、分からずじまいだったわね」

「南の誰《だれ》かさんを面倒に巻き込もうとしたんだから、すぐ近くにいる奴だろうさ」

小女たちの耳があるので、半蔵はぼやかして言った。

「別の件はなんだか五位鷺がうまいことやったようだが、おれや南の誰かさんの件についちゃまだ決着がついていねぇ。そのうち関《かか》わった奴らに吠《ほ》え面《づら》をかかせてやるぜ」

五位鷺が相模屋の件を落着させて美味《おい》しいところを持っていったことについては、雀は釈然《しゃくぜん》としないものを感じていたから、ちょっと口を尖《とが》らせて「そうね」とだけ言った。

「なんでぇお前《め》ぇ、いいところを見せられなくって、腐ってるのかい」

半蔵はにやにやと笑った。

「そんなんじゃないわよ」

雀はさらに唇を尖らせた。

「へへっ。海千山千の太夫《たゆう》と、男も知らねぇおぼこ娘とでは、悪知恵の出し方が違わあ。五位鷺に勝とうなんて無理、無理――。それじゃあな」

半蔵は手を振って走り去った。

雀は膨《ふく》れっ面《つら》をして鉄鍋をかけた七輪の前に戻った。

＊　　＊

雀は太夫の部屋の襖《ふすま》の前に膝《ひざ》を折り、

「太夫。お早うございます」

と中に声をかける。

「遅かったやないか。早う入り」

といつもの言葉が返って来る。

雀は澄ました顔で襖を開けて、

「朝餉《あさげ》をお持ちいたしました」

と一礼した。

五位鷺はいつも通り二間続きの奥の部屋で、布団の上に置いた脇息《きょうそく》にもたれていた。

雀は膳《ぜん》を捧げ持って進むと、五位鷺の夜具の上にそれを置く。

五位鷺はつんと澄ました顔で箸《はし》を取った。

「太夫」

雀は言った。

「なんや？」

五位鷺は朝餉の箸を止められて、不機嫌そうに雀を見た。

「見世詞《みせことば》を使ってもらわなければ困ります。『遅かったやないか。早う入り』ではなく、『今朝《けさ》はたいそう遅うおましたな。疾《と》くお入りなんし』でございます」

「客がいないんやから、ええやないか」

「いえ。いけません。見世詞を作れと仰《おお》せられたのは太夫でございます。御自ら、範《のり》をお示しにならないと、ほかの女郎に示しがつきません」

雀はぴしりと言った。

「ならば、お前も見世詞を使わんかい」

「あたしは、どなたのせいでありんしょうか、客が取れぬ身でござりんすから。聞かせる相手がおへん」

雀は科《しな》を作って言った。

五位鷺は「うーん」と唸《うな》って半熟卵をかき混ぜて粥の上にかけた。

「ほれ、太夫。朝餉の前にお稽古《けいこ》でござりんす」

雀は、五位鷺の箸を持つ手を軽く叩《たた》いた。

「今朝はたいそう遅うおましたな。疾くお入りなんし」

五位鷺はぶっきらぼうに言った。

「もっと艶《つや》っぽく。はい」

雀はつんと顎を反らし、五位鷺に何度も同じ言葉を繰り返させた。

禿《かむろ》の鮎汲《あゆくみ》と夏蚕《なつご》が覗《のぞ》きに来て、

「太夫、おきばりなんし」

と囃《はや》し立てた。

障子越しの朝日が、柔らかく四人を包み込んだ。

本書は、ハルキ文庫（時代小説文庫）の書き下ろしです。

時代小説文庫
ひ 7-20

雀《すずめ》と五《ご》位《い》鷺《さぎ》推《おし》当《あて》帖《ちょう》

著者　平《ひら》谷《や》美《よし》樹《き》

2017年10月18日第一刷発行

発行者　角川春樹

発行所　株式会社 角川春樹事務所
〒102-0074 東京都千代田区九段南2-1-30 イタリア文化会館

電話　03(3263)5247[編集]　03(3263)5881[営業]

印刷・製本　中央精版印刷株式会社

フォーマット・デザイン&シンボルマーク　芦澤泰偉

ISBN978-4-7584-4124-7 C0193

http://www.kadokawaharuki.co.jp/[営業]
fanmail@kadokawaharuki.co.jp[編集]　ご意見・ご感想をお寄せください。

時代小説文庫

平谷美樹
義経になった男
一 三人の義経

嘉王二年（一一七〇年）。朝廷が行った強制移住で近江国に生まれ育った蝦夷《えみし》のシレトコロは、まだ見ぬ本当の故郷―奥羽―を想っていた。十三歳の春のこと、三条の橘司信高《きちじのぶたか》と名乗る男があらわれ、シレトコロは奥羽に連れて行かれる……。それは、後の源義経の影武者とするためだった。一方、鞍馬山《くらま》で〈遮那王《しゃな》〉と名乗ることとなった十六歳の牛若は、奥州平泉に向かう決意をする。新しい義経を描ききった、歴史小説の金字塔！

（全四巻）

平谷美樹
義経になった男
二 壇ノ浦

寿永三年（一一八四年）九月。義経が検非違使五位尉《けびいしごいのじょう》に叙せられて、京の治安は落ち着き始めていたかに見えた。だが激怒する頼朝は、義経を京に飼い殺しし、雑事ばかりを与えていた。元暦二年（一一八五年）、頼朝は平家の本拠である屋島を攻めるために、義経を追捕使《ついぶし》として四国へ向かわせることになった。二人の影武者、沙棗《さそう》と小太郎とともに戦いに挑む義経。兄・頼朝を信じようとする義経と、頼朝は怨敵であると認識する沙棗。運命が、二人を中心に大きく動き始めていた……。

（全四巻）

時代小説文庫

平谷美樹

風の王国 ❶ 落日の渤海

延喜十八年(九一八年)夏、東日流国《つがるのくに》(現在の青森県)。東日流の人間として育てられてきた宇鉄明秀《うてつのあきほつ》は自分の出生の謎を解き明かすために、海を隔てた渤海国《ぼっかいこく》へ向かう。十七年前に赤ん坊だった自分を東日本流に連れてきたのは誰なのか?命がけの船旅を経て、やがて明秀は渤海の港町・麗津《らいちん》へと辿り着くのだが……。幻の王国・渤海を舞台に繰り広げられる、侵略と戦争、恋と陰謀。壮大なスケールで描く、大長篇伝奇ロマン小説の開幕!(全十巻)

平谷美樹

風の王国 ❷ 契丹帝国の野望

渤海《ぼっかい》国王族の血筋であることが判明した明秀《めいしゅう》は、二月ぶりに東日流《つがる》へ帰ってきた。契丹《きったん》国との戦《いくさ》に備えて、渤海国王より援軍の頼みをつづった国書を届けるためだった。そして明秀は契丹の方術使に対するために、同じ力を持つ易詑を探すことに。一方、契丹国から皇太子・耶律突欲《やりつとつよく》の拉致を理由に、領土を要求された渤海国では、戦を避けるために大徳信の妹・芳蘭《ほうらん》を人質に献上しようとしていた……。壮大なスケールで描く大長篇伝奇ロマン、シリーズ第二弾!(全十巻)

時代小説文庫

平谷美樹
水滸伝 一 九紋龍の兄妹

政和二（一一一二）年。華州華陰県史家村に若い双子の兄妹がいた。男の名は史《し》進《しん》、女の名は史《し》儷《れい》。二人とも眉目秀麗で棍術の達人だった。晩夏のある日、少華山の盗賊との戦いのさなか、王進という男と出会う。王進は東京開封府八十万教頭――近衛兵たちの武芸師範だった。この出会いは、二人を含めた多くの人間の運命を変えていくことになるのだが……。圧倒的なスケールと迫力で描く、平山美樹版「水滸伝」、堂々の開幕！

平谷美樹
水滸伝 二 百八つの魔星

少華山討伐軍との戦いの中で、武芸の達人・王進は討たれてしまう。史家村を脱出した史進、史儷たちは、呉用という旅人と出会う。彼から百八つの魔星を宿した英雄の話を聞かされた史進たちは、滄州へと向かうことに。一方、王進の首を取り戻すことを約束した呉用は、耶律軍を追いかけることになるのだが……。圧倒的なスケールと迫力で描く、新しい「水滸伝」第二弾！